EXTINCTION Z

Y PESE A TODO...

Stella Maris
Doctor Ferrán, 15
08034 Barcelona.
www.editorialstellamaris.com

Diseño de la cubierta: Vaca Films

Primera edición: junio 2015

ISBN: 978-84-16128-95-2
D.L.: B-15535-2015
Composición: Dpto. de Arte Editorial Stella Maris
Impresión: CPI Ibérica
Impreso en España – *Printed in Spain*

JUAN DE DIOS
GARDUÑO

EXTINCTION

Y PESE A TODO...

STELLA
MARIS

Para Ana, Nico, Adri y Álex, con amor.

«Es de celebrar que en España esté destacando, tanto en novela como en cine, una nueva generación de especialistas en terror y fantasía, y Juan de Dios Garduño es uno de ellos».

José Carlos Somoza

PRÓLOGO A MODO DE EPÍLOGO

Y *pese a todo, el mundo todavía giraba.*

Perdón si me adelanté. Y perdonad también si empiezo con una queja, pero la verdad es que siempre es complicado prologar un libro, ya que esto no deja de ser una serie de palabras que vienen antes de la historia que el lector quiere disfrutar. La mayoría de los prólogos no hacen otra cosa que decirte que estás a punto de adentrarte en una buena novela. Pero tú, querido lector, ya la has comprado, así que no hay necesidad alguna de que yo te la venda hablándote de sus bondades. ¿Por qué no lees tú el libro y juzgas lo bueno que es? Cualquier virtud quc diga yo aquí ahora, la vas a encontrar justo tras este prólogo, por lo tanto, ¿por qué perder el tiempo?

Lo que sí sé es el valor que este libro tiene para mí. Podría decirse que es un valor sentimental, pero es mucho más: es el valor de tres años de mi vida.

Permitidme que os lo explique. Hace unos años dirigí una película llamada *Secuestrados*, tras la cual me encontré con el desafío de hallar un siguiente proyecto que fuera atractivo y novedoso pero, sobre todo, buscaba algo que me emocionara como director. Hasta que un día llegó a mis manos la novela *Y pese a todo...*, de Juan de Dios Garduño -sí, este libro que ahora tienes en tus manos y estás ansioso por empezar a leer-, que consiguió excitarme por el nuevo enfoque que aportaba al género de terror. No solo presentaba momentos terroríficos, así como unos monstruos que no había visto antes, sino que, sin olvidar el género en el que cabalga, sabía fundirse con la emoción de una historia de personajes. Porque, seamos sinceros, eso es siempre lo más importante en cualquier historia, la emoción e identificación que crean los personajes protagonistas. El drama. Debemos reír con ellos, llorar con ellos y, sobre todo, pasar miedo con ellos. Y eso mismo es lo que me regaló *Y pese a todo...* y por ello estaré siempre agradecido a Juande (así llamamos los amigos al autor de este libro). Y mi regalo a Juande no es otro que la película que tras leer el libro dirigí, y que me costó tantas alegrías y penurias. Juande, amigo mío, ¡espero haber estado a la altura!

Han pasado tres años desde que nos embarcamos en la aventura de la adaptación cinematográfica de esta novela. Por eso, cuando Juande me propuso la idea de prologar esta nueva edición, me sentí -aparte de halagado- contento de hacerlo, ya que es una forma fantástica de cerrar la que ha sido una de las etapas más importantes de mi vida. Por eso, para mí este prólogo actúa también como epílogo de estos últimos tres años de mi vida.

Siempre me ha apasionado el género -y estoy seguro de que a ti también, ya que estás a punto de leer este libro- porque es, paradójicamente, el mejor lugar para plasmar la realidad. Es en las situaciones más límites donde surge lo mejor y lo peor de nosotros mismos. Y la verdadera realidad no se encuentra en las situaciones, sino en los personajes y cómo se comportan ante ellas; y Juande, en este libro, ha logrado realizar una radiografía hiperrealista sobre la condición humana.

Y pese a todo... es una novela de terror, con sus momentos escalofriantes y sus seres pesadillescos; o también podríamos decir que es una novela postapocalíptica, donde unos escasos supervivientes tendrán que aprender a sobrevivir en este nuevo mundo; pero, sobre todo, esta es una historia de personajes. Es una novela sobre monstruos blancos que se confunden en la nieve, pero ante todo, es una historia sobre el odio de dos hombres -seguramente los dos últimos hombres del planeta- y el amor que sienten por una niña. Al leer la novela por primera vez pensé en estos personajes como unos náufragos en una isla desierta, una isla rodeada por un mar que es ese manto de nieve, una isla llena de misterio y peligros. Una isla tras la cual ninguno de nuestros protagonistas sabe lo que hay. De esta forma, aparte de la metáfora sobre unos personajes congelados en el espacio y en el tiempo, tenemos ese escenario postapocalíptico o de fábula, que otorga a la historia una característica atemporal y universal.

Lo que estás a punto de leer es una novela sobre el odio, el amor, el perdón y la redención. Y, sobre todo, la esperanza.

Ahora sí:

Y pese a todo, el mundo todavía giraba.

Miguel Ángel Vivas

«A menudo, el temor de un mal nos lleva a caer en otro peor».

Nicolas Boileau

1

Y pese a todo, el mundo todavía giraba. Aún había estaciones y, por supuesto, aún había días con sus correspondientes noches. El invierno en Maine era crudo; en Bangor, cruel. Las horas de luz solar pasaban con la misma rapidez con la que prende y se esfuma el papel de fumar, dando paso a noches gélidas, cargadas de ruidos inciertos y mustios sentimientos. Durante la estación de fríos, la vida parecía pararse y no tener sentido.

El ánimo era embargado hasta la primavera, coincidiendo su libertad con las primeras briznas verdes de hierba.

El blanco de la nieve convertía aquella lujosa urbanización de casas en una enorme y monocromática habitación acolchada de manicomio.

«Soledad y aislamiento», pensó Patrick. Así era el invierno en aquella parte de Estados Unidos. Más aún, después de la guerra. Ya ningún medio de transporte llegaba a la ciudad. El puerto, antaño tan vivo, yacía ahora tan inútil como los restos de un cadáver. Los dos aeropuertos no eran más que las ruinas de lo que fueron y las carreteras permanecían sepultadas bajo la nieve sin que los camiones quitanieves hicieran ya nada por remediarlo.

Patrick Sthendall agarró una lata de Budweiser de la nevera, la cual renqueaba trabajando al mínimo. Su perro le observaba con la cabeza girada y con unos enormes ojos azules cargados de deseo.

—*Doggy*, esta noche no —le dijo con tono autoritario.

El husky siberiano giró la cabeza hacia el ángulo contrario, meneó la cola brevemente y se escondió detrás del sofá, mirándole con sus enormes ojos claros. Era un ejemplar joven y precioso, con pedigrí. Patrick no quería convertir al perro en un alcohólico. Ya era suficiente con un borracho en casa.

El hombre arrastró las roídas pantuflas por la moqueta y se sentó pesadamente en el sillón. Puso los pies encima de una pequeña y baja mesa de madera tirando dos o tres latas arrugadas de cerveza. El ruido le molestó. Cualquier sonido estridente había llegado a importunarle hasta el punto de hacerle perder los estribos, y en cierto modo comenzaba a odiarse por ello. Él siempre había sido un tipo con buen humor. Al menos antes de que Bangor redujese su población de treinta y un mil ochocientos habitantes a tres.

—Mierda —dijo casi en un susurro, malhumorado.

Se incorporó con cierto esfuerzo. Había olvidado algo y estaba cansado. De nuevo arrastró las pantuflas, y el perro, que permanecía echado y con la cabeza entre las patas delanteras, le siguió con curiosidad.

—He dicho que hoy no toca, borrachín —le recriminó Patrick ante la mirada inquisitiva del can.

Éste volvió a menear el rabo, adoptó la posición anterior y se echó a dormir.

Su dueño apagó la luz. No podía permitirse el lujo de tenerla muchas horas encendida. No por la factura —hacía muchos meses que habían dejado de llegar—, sino por no gastar la batería conectada a los paneles solares. Muchas noches, para tener algo de luz y dar un mínimo de calor a la casa, hacía fuego en la chimenea. En Bangor, encontrar leña era sumamente fácil, aun cuando la guerra había acabado con su producción en serie. No tenía más que salir al bosque y talar los árboles que le viniese en gana.

También había otro motivo para abrazar la oscuridad, aparte del ahorro energético. La luna llena dominaba esa noche el firmamento, y si alguien o «algo» intentaba acceder a su casa, él podría ver su sombra o silueta a través de los enormes ventanales del salón.

Y actuar. Vaya que si actuaría...

Aunque hacía poco más de un año del último ataque —y fue aéreo—, a él le gustaba sentirse protegido. Había visto y oído demasiado para no estarlo. Tanto la casa como él estaban bien equipados para repeler cualquier ataque. Miró hacia el armero situado a su derecha, sintiéndose seguro. La luz de la luna, que se filtraba entre las finas cortinas blancas, bañaba varias escopetas y pistolas de diferentes calibres y les otorgaba un aura extraña, casi mística.

En la acera de enfrente, a través de las rejas de hierro que había instalado en el ventanal del salón, observó cómo la luz de la habitación superior de sus vecinos se apagaba. Tampoco a ellos les gustaba gastar energía sin necesidad. La guerra les había vuelto muy ahorrativos en todo.

—Buenas noches —dijo en la distancia a las dos únicas personas que, como él, no habían abandonado la ciudad o muerto durante los ataques.

Se acopló en el sillón, acolchándolo con el trasero hasta sentirse medianamente cómodo. Dio otro trago a la cerveza, dejando la lata casi vacía, y la arrojó a un lado. Frunció el ceño cuando vio al perro salir de su escondite y lamer los pequeños charcos de cerveza que había provocado. Le dijo algo y el can volvió a su sitio.

Cerró los ojos y se dispuso a dormir.

Hacia las tres de la madrugada algo lo despertó. Aguzó el oído; el ulular del gélido viento por entre los árboles arrastraba otros sonidos, desconcertantes la mayoría. *Doggy* alzó un poco la cabeza y gruñó. Se levantó y después de un rato se apostó junto a la puerta.

Alguien o «algo» intentaba entrar y la alambrada que había colocado alrededor de toda su propiedad se lo impedía.

Patrick se giró hacia un lado y volvió a dormirse.

Estaba cansado y el mundo se había ido a la puta mierda.

2

Peter Staublosky también había escuchado los ruidos. Se encontraba en su cama, abrazando a su hijita, cuando estos habían comenzado.

Ris, ras, ris, ras.

Emergieron a través de sus pesadillas y al poco dominaron la realidad de aquel cuarto angosto y frío donde dormían. Peter permaneció unos instantes con los ojos clavados en el techo, intentando averiguar quién era o dónde estaba. En ocasiones le ocurría aquello, aunque no tardaba más de unos segundos en responderse a aquellas dos preguntas.

«Soy Peter Staublosky y estoy en el infierno», se decía mentalmente.

Ris, ras, ris, ras.

Su hija farfulló algo, se revolvió y Peter pudo contemplar a la luz de la luna el suave rostro de la niña. En un momento dado, este se contrajo en un gesto agrio, fruto de una posible pesadilla. La pequeña solía tenerlas, y a él no le extrañaba, no, sabiendo lo que aquella cría de cinco años había vivido durante la guerra.

A veces él también soñaba.

Volvió a oír algo. Con movimientos suaves deshizo el paternal abrazo, apartó la tupida cantidad de mantas que les arropaban y se levantó de la cama, vestido solo con la parte de abajo del pijama y una camiseta interior blanca de manga corta. No se calzó; agarró la escopeta recortada que descansaba en una silla infantil rosa con ositos de colores y se dirigió a la ventana de la habitación, desde la cual se dominaba un tramo amplio de su nevado jardín, la calle y varias casas más. Apartó suavemente la cortina blanca con el cañón del arma y miró hacia abajo.

Nada. Solo la nieve presidiendo majestuosamente todo aquel lugar.

El sonido volvió a repetirse y esta vez escudriñó bien la zona de donde parecía proceder. Pese a que la luz de la luna llena bañaba la amplia calle que daba acceso a la urbanización, él no conseguía identificar el origen de aquellos ruidos.

Pensó que sería algún animal en busca de comida. Se quedó un rato allí. De vez en cuando echaba una ojeada al terreno de Patrick Sthendall, pues el ruido se reproducía cerca de aquella propiedad con bastante frecuencia. Observó cómo los ventanales del salón de Sthendall reflejaban la luz de la luna como si se tratase de un gran foco de circo. Nada hacía intuir que su vecino estuviera sentado en el sillón del salón, pero él sabía que allí lo encontraría y que, con toda probabilidad, estaría durmiendo la borrachera.

—Que se pudra —murmuró soltando la cortina y sentándose en la silla.

Quince minutos más tarde no se habían vuelto a producir ruidos sospechosos en la calle. Volvió a la cama pero no se acostó, sino que agarró la chaqueta de lana que reposaba colgada de la puerta del ropero, se la puso y se sentó a hacer guardia allí.

De vez en cuando echaba ojeadas al pequeño bulto en la cama que era su hija. De este modo, si se despertaba, podría tranquilizarla rápidamente. Solía despertarse gritando y llorando, aunque no lo recordaba por la mañana. Era mejor así, y en cierto modo la envidiaba.

Peter pensó que no podría dormir. Las noches solían ser tranquilas, sin ruidos, y cualquier cambio en el monótono transcurrir de una de ellas bastaba para despertar su insomnio. El instinto, la premonición de saber que algo acechante permanecía entre las sombras y podía destrozar la alambrada y vencer así la inexpugnabilidad de la casa le aterraba.

Aún no se había dado el caso; además, los ataques habían cesado desde el día de las evacuaciones. Pese a eso, se sentía intranquilo. Sus ojos habían visto ya tanto...

Arropó mejor a Ketty y la contempló con una sonrisa agridulce en el rostro. Se parecía tanto a su madre... La similitud de sus rasgos le provocaba a Peter en muchas ocasiones la sensación melancólica y agria de estar criando a una pequeña Helen. Y eso era doloroso.

Pensó que podría llorar. Sería un llanto silencioso, cargado de un torbellino de sentimientos contradictorios, reproches y recuerdos. De esperanzas rotas, de rabia e impotencia contenida, de recriminaciones y lamentos. Pero no lo hizo: el pozo de lágrimas se había secado.

Dos horas después sucumbió al frío y al sueño y volvió al calor de las sábanas y de su hija con agrado. Y, aunque pensó que no podría volver a dormirse, lo hizo.

La noche de Bangor recuperó su mutismo acostumbrado, arropando bajo su silencioso seno a la urbanización Longfellow.

El peligro parecía haber pasado. Si es que alguna vez lo hubo.

3

El rasgueo de las patas de *Doggy* contra la puerta de la calle lo despertó. El perro necesitaba salir a mear. Aquello era ya una rutina diaria. El can arañaba, él refunfuñaba unas palabras y al final se levantaba a abrirle, comenzando así un nuevo día. Al menos agradecía que el husky siberiano no se meara por todas las esquinas de la casa.

Patrick tenía la cabeza embotada por la resaca, y el cuerpo dolorido por la posición. Se dijo que no era de las peores resacas que había tenido y se apretó las sienes intentando aliviar, o al menos encauzar, parte del dolor de cabeza.

Fue inútil.

El sol no bañaba su rostro, pero ya hacía rato que había amanecido. El cielo, contemplado desde el ventanal del salón, no se diferenciaba apenas del color blanquecino de la nieve del suelo. La línea divisoria entre firmamento y tierra era imposible de discernir en aquella época del año. El invierno en Maine era perpetuo, más desde que se habían usado armas climáticas durante la guerra.

Y pese a todo aquel frío, Sthendall se negaba a dormir en la cama, y no era por miedo. Simplemente, no quería que la muerte le encontrara allí, espatarrado y empapando la almohada con sus babas. Para él, aquella sería una muerte sin dignidad. Por eso, desde que la guerra comenzara, había elegido el viejo y pequeño sillón marrón de orejas del salón para dormir. Desde allí dominaba toda la perspectiva de la parte delantera de su casa, que consistía en un jardín de diez por diez y en una pequeña caseta de madera para las herramientas. La calle y la casa de enfrente también quedaban claramente a su vista.

Además, tenía acceso rápido a las armas; eso cuando no dormía abrazado a una de ellas.

Ya nunca o casi nunca ocurría nada, pero más valía estar preparado. La guerra había dejado muchas hendiduras en la realidad y por ahí podía colarse cualquier cosa, estuviera o no en el imaginario del hombre; rescoldos humeantes que Dios sabe cuánto tiempo permanecerían encendidos. El recuerdo de todo lo vivido, visto u oído hasta la fecha le impediría volver a dormir jamás en una cama.

Se encontraban en una situación extraña. Antes de que todos los medios de comunicación dejasen de emitir, aún no se había proclamado el triunfo de ningún bando. Así que no sa bía exactamente qué ocurrió al final. Solo sabía que un año después de las evacuaciones nadie había vuelto a Bangor para explicar nada.

Se desperezó, haciendo crujir como ramas secas casi todo su delgado cuerpo. Había perdido mucho peso en ese tiempo. Su exmujer habría estado contenta, si viviera.

Dormía vestido —a veces ni se quitaba el abrigo—, y estar desaliñado era ya para él ley de vida. Además, la situación actual, sin agua corriente y calentando trozos de hielo en un hornillo de gas, no favorecía una buena higiene continuada. Por eso, y por vaguería, se había dejado crecer una frondosa barba, teñida de gris pese a no haber entrado aún en los cuarenta.

Lavaba la ropa, cuando se acordaba, en un barreño de agua templada, para no helarse las manos, y la tendía en el sótano. En cierta ocasión había tendido una camisa y unos pantalones vaqueros fuera, en el jardín delantero. Dejó las prendas tanto tiempo a la intemperie, que cuando recordó recogerlas ya se habían congelado y eran inservibles.

—Espera, *Doggy*, que este borracho necesita ponerse las botas para salir —dijo al perro, que seguía arañando la puerta, mirándole con impaciencia.

Por costumbre, dejaba las botas en el baño de abajo; le resultaba más cómodo puesto que apenas utilizaba las habitaciones de la segunda planta. Entró y tuvo que encender la luz para ver algo. Maldijo a los arquitectos de aquella urbanización por no haber dado algo de luminosidad a aquellos baños. No le gustaba gastar luz: nunca se sabía cuándo habría que encender los potentes focos delanteros del porche.

Una larga hilera de botas camperas y zapatillas de deporte le recibió. Patrick las había ido trayendo con el paso del tiempo de sus escapadas a la ciudad. Sabía que tener un buen calzado en aquellas condiciones climatológicas era importante. Por eso no dejaba de recoger botas o zapatillas en sus incursiones; nunca estaba de más tener reservas. Y los saqueadores —apenas los hubo— habían olvidado hacer acopio de calzado, como si pensaran que toda aquella guerra se fuese a resolver antes de que las fábricas de calzado dejaran de funcionar.

Se calzó unas Goretex que habían comenzado a rasgarse por el empeine por culpa de un alambre mal puesto que a punto estuvo de rajarle la espinilla también. Aun así, no pensaba deshacerse de las botas. La nieve no las calaba y mantenían muy bien el calor; además, la suela conservaba el agarre y apenas daba resbalones.

Apagó la luz y abrió la puerta al perro, que cruzó el porche como una bala.

Una ráfaga de viento helado le golpeó la cara. Se levantó la solapa del abrigo al sentir un ligero escalofrío que le recorrió el cuello hasta la parte baja de la espalda. Pese a no tener calefacción dentro de casa, la temperatura fuera del hogar bajaba bastantes grados. «Al menos, los malditos constructores hicieron algo bien con el aislante», pensó.

El perro meaba en la nieve con una pata levantada y mirando curioso hacia todos lados, a un metro escaso del porche. La nieve no le había permitido avanzar más y olfateaba el aire en busca de olores. El hombre se le unió descargando su vejiga. Un chorro de humeante pis derritió un poco de nieve. Intentaba hacer un dibujo, pero lo único que consiguió fue dibujar un Picasso.

Patrick agarró la enorme pala cuadrada y comenzó a retirar la nieve del porche y del caminito de salida, mientras escudriñaba toda su propiedad para intentar detectar posibles daños en la alambrada. Tuvo que volver a entrar en su casa para coger un gorro con orejeras y proseguir con su tarea.

Doggy no paraba de brincar de un lado a otro.

4

Palpó la cama para abrazar a su hija. Cuando un Peter asustado abrió los ojos, Ketty no estaba y su lado de la cama permanecía frío. Se levantó de un respingo y aplastó su frente contra la ventana de la habitación que daba a la calle para ver si la niña estaba fuera, en el jardín. Aún no había comenzado a nevar y la visibilidad era buena. Observó antes de que se empañara el cristal por el vaho de su respiración que la niña no se encontraba allí y se sintió levemente aliviado. Ni siquiera se percató de que Patrick, ajeno a su preocupación, daba paladas en su propiedad.

—¿Ketty? —preguntó levantando la voz.

Silencio, sólo un zumbido en los oídos. Conocía ese zumbido: era la tensión. Su pulso se aceleró y el estómago se le contrajo.

—¿Ketty? —repitió aún más alto. Se dirigió con paso rápido hacia las escaleras que conducían a la planta baja de la casa.

—¡Aquí abajo, papi! —la oyó contestar con tono risueño desde el salón.

Peter se detuvo y apoyó la cabeza en el marco de la puerta.

«Es una buena niña —se dijo—. Ella no haría ninguna tontería». Suspiró aliviado y pasó una y otra vez sus ásperas manos por su rostro, por sus ojos. Desde que todo empezara, siempre estaba en tensión. Bastaba con que Ketty se entretuviera cinco minutos en el baño para que él aporreara la puerta violentamente, con el corazón alterado preguntándose si se encontraba bien.

No podía evitarlo. No concebía que hubiera días en los que no se produjera ningún ataque, pero así era. Muchos meses habían transcurrido desde la última vez que los soldados acudieron a Maine para ayudar en las evacuaciones, desde que las alarmas sonaron por última vez para advertir de un ataque aéreo o marítimo o anunciar un toque de queda. Muchos meses desde que había visto a una persona con vida que no fuese su hija, o su vecino.

Jamás creyó que todo cambiase tanto como para llegar a ese punto. Cuando se rumoreaba que Estados Unidos atacaría a Irán, le pareció una broma de mal gusto. El presidente Obama siempre había sido un hombre de paz, no de guerra. Si hasta le habían concedido el Nobel de la Paz. Pero al parecer el primer presidente negro de la historia se había visto obligado a declarar la guerra porque los últimos informes del Pentágono afirmaban que Irán había enriquecido uranio en plantas subterráneas secretas y se preparaba para atacar a los Estados Unidos de América y a sus aliados.

Pero aun así, Peter no creyó los rumores hasta que se convirtieron en noticia de primera plana mundial. Todos los canales de televisión anunciaron el inicio de los ataques; los periódicos tardaron el mismo tiempo en hacerse eco de la noticia, y por último, el presidente, en rueda de prensa en la Casa Blanca, informó de que se le declaraba la guerra a Irán, miembro del «eje del mal». Una guerra preventiva... como tantas otras.

Todas las naciones del mundo se quedaron boquiabiertas e incrédulas porque se sabía lo que aquello significaba. Irán tenía aliados poderosos.

Rusia no pudo mantenerse al margen: las presiones de su aliado estratégico Irán provocaron el ultimátum del país. Si Estados Unidos no ponía fin a la guerra de inmediato, Rusia intervendría. El mundo puso el grito en el cielo, ya que tanto la antigua Unión Soviética como Estados Unidos contaban con armamento nuclear. De hecho, Irán tenía ya en su poder dos misiles nucleares proporcionados por Rusia, que le había suministrado los códigos y mecanismos para usarlos. Si Israel, aliado de Estados Unidos, atacaba su país, a Irán no le temblaría el pulso.

Gran Bretaña saltó a la palestra declarando también la guerra a Rusia si entraban en conflicto con su aliado, Estados Unidos. China y Cuba se aliaron a Rusia e Irán... Y así fue como casi todos los países del mundo eligieron bando mientras comenzaban los primeros ataques por parte de Estados Unidos a Teherán.

Los que no intervenían en la guerra mundial, que eran pocos, aprovecharon para declarar guerras civiles. Sobre todo en los países de África, donde se produjeron muchísimas revueltas y conflictos.

El mundo tocaba a su fin.

La Convención de Armas Químicas de Ginebra se fue al garete; tampoco nadie temía ya al Tribunal de La Haya y sus derechos humanos. Pronto se descubrió que una guerra nuclear era demasiado cara para los contendientes, además de destructiva, mientras que las armas químicas podían prepararse en cualquier laboratorio clandestino de cinco por cinco metros con el mínimo coste e idénticos efectos. Por eso se la denominó «la bomba nuclear del pobre». Y aunque se usaron algunas bombas nucleares, la contienda pronto fue conocida como la «guerra biológica».

Solo que, según los científicos, no pasaría a los anales de la historia jamás, simplemente porque no quedaría nadie para contarla.

La revolución había llegado años atrás con las «armas de diseño» de ADN recombinante. Las nuevas tecnologías permitieron crear nuevos genes programados en microorganismos infecciosos para aumentar así su resistencia a los antibióticos y su virulencia y alargar su permanencia en el medio ambiente, que era el principal escollo que había que salvar.

Todo ello llevó a la creación de nuevas cepas —llamadas «súper»— de agentes biológicos convencionales como el ántrax, la viruela o la gripe Q, aunque durante la guerra ambos bandos usaron todos los habidos y por haber: virus como los de la encefalitis equina oriental, la enfermedad de Margburg o la fiebre amarilla o bacterias como la del cólera, el muermo, la enfermedad del legionario o la peste pulmonar fueron esparcidos mediante aerosoles, regando miles y miles de kilómetros de superficies pobladas.

Uno de los ataques más graves infligidos al principio de la guerra lo sufrió Nueva York. Un avión enemigo no detectado por los radares y proveniente de Cuba roció parte de la ciudad antes de ser abatido, liberó noventa kilos de esporas de superántrax y provocó la muerte de tres millones de personas.

Pero aquello fue solo el principio. Durante la guerra todo valía, hasta las más monstruosas armas genéticas o el agroterrorismo, para dejar inservibles los cultivos del enemigo y la ganadería y provocar el hambre...

Los tiempos en que la peste bubónica hacía estragos habían vuelto, solo que en condiciones más devastadoras para el ser humano.

Peter se lavó la cara con jabón y el agua fría de una palangana. No quería pensar más en aquello.

—Aquellos seres... —dijo sintiendo un escalofrío al recordar. Él había sobrevivido, y su hija también, y eso era lo importante en aquellos momentos. Tenía una responsabilidad para con Helen: sacar adelante a Ketty. Aunque la existencia hubiera dejado de tener razón de ser para la humanidad, aunque cada día fuese un suplicio no saber qué demonios había pasado con el resto del mundo, él tenía un deber, y quizá eso era lo único que le mantenía cuerdo.

Bajó al salón en vaqueros abrochándose una camisa a cuadros de franela. Su hija, aún en pijama, jugaba con un par de muñecas rubias como ella pero semidestrozadas y con varios miembros amputados. La levantó en vilo y la besó.

—Cuando te despiertes, me llamas —regañó dándole un toquecito en la nariz con el dedo—, no bajes sola. Sabes que no me gusta y me preocupo. Y ni se te ocurra salir al jardín sin mí.

Ella no contestó, siguió jugando y dialogando con las muñecas. Peter se dirigió a la cocina. Abrió una alacena y sacó galletas saladas; no quedaban muchas. Habían tenido que prescindir de la leche, pero no de su variante «Leche en polvo Happy Milk, la mejor de todo Maine», así que calentó en la hornilla de gas agua y preparó leche para los dos.

—¡El vecino está en su jardín! —exclamó la niña a su espalda. Peter se detuvo un instante, no contestó y siguió preparando el desayuno.

5

Con temperaturas de —10 °C, trabajar se hacía harto dificulto sopor la falta de oxígeno. Patrick comentó en cierta ocasión a un amigo que con esas temperaturas sacarte un moco congelado de la nariz te podía rajar la napia en dos. Era tan gracioso como cierto.

Le había costado un par de horas y un ligero tembleque en los brazos dejar el jardín casi limpio de nieve, aunque agradeció el ejercicio físico para conseguir que la sangre circulase por todas las partes de su cuerpo. Estaba seguro de que a lo largo del día volvería a nevar, pero no le importaba. Aquello era un trabajo que debía hacer para cuidarse y también para mantener la casa infranqueable. Le provocaba desazón vivir como si se encontrara en la jaula de un zoológico, pero aquella cerca y aquella alambrada inexpugnables eran lo único que le separaba de algún posible peligro.

Ráfagas de aire helado azotaron su erosionado rostro mientras escudriñaba la alambrada en busca de algún desperfecto. Recordó que la noche anterior le habían despertado ruidos extraños y que con toda probabilidad encontraría algo que le llamara la atención. Algo que le diera una pista sobre la identidad de su visitante nocturno.

Fue el perro el que le orientó con su olfato y unos ladridos. Al final del jardín, junto al muro de metro y medio que daba a la calle, *Doggy* se había detenido y escarbaba con las pezuñas mientras gruñía. Patrick había puesto encima del muro unos postes anclados con hormigón que le permitieron levantar la alambrada casi dos metros más, así que toda la casa quedaba vallada a tres metros y medio de altura; eso sin contar la altura extra del alambre rizado de púas que coronaba el cercado, suficiente para que ninguna alimaña, persona o algo peor pudiera trepar, atravesar o —debido al grosor del alambre— mucho menos cortar.

Agarró la escopeta que descansaba en el porche y la llave para los candados de la puerta. Esta, rectangular, negra y alargada, no era muy alta, y se activaba mediante un resorte de muelle. Odiaba las puertas electrónicas, así que mandó cambiar la anterior por esta, cuando aún había gente que se dedicaba a ese tipo de cosas. También había colocado la alambrada por encima de ella.

Lo que vio fuera lo dejó estupefacto. Habían intentado cavar un túnel para pasar por debajo del muro y acceder a la propiedad. Lógicamente, el suelo de roca metamórfica había hecho imposible la tarea, pero, aun así, observó el enorme agujero practicado entre los trozos de piedra. Sin duda, aquel animal, fuese el que fuese, gozaba de una fuerza colosal. Pensó que habría sido un oso negro con toda probabilidad. Hacía… ¿siglos? que no se veía ninguno por la zona, desde antes de la guerra y no en muchas ocasiones. Pero no descartaba que aún vagasen en busca de comida por los bosques de coníferas que poblaban el ochenta por ciento del estado de Maine y que cercaban Bangor, empujándolo hacia el río. No era extraño que de vez en cuando se adentraran en zonas urbanas alejadas de la ciudad, como aquella urbanización, y que el sheriff Durham y sus chicos tuvieran que hacer acopio de su talento y paciencia para evitar que se colasen en alguna casa o atacaran a alguien antes de que llegase el viejo David Stratham, el veterinario, y lo abatiese con su escopeta de dardos tranquilizantes para sacarlo de la ciudad.

Volvió a tapar aquel agujero empujando con el pie la tierra y los trozos de piedra. Entró en su propiedad, cerró la puerta con los candados, fue al sótano, cogió cemento de un saco de treinta kilos que guardaba allí y lo preparó. Quince minutos después se encontraba de nuevo agachado en el agujero y cubriéndolo todo con la mezcla. Si aquel oso quería volver a retomar la faena donde la había dejado, sin duda se encontraría con una sorpresa poco grata. Mientras volvía a entrar en su feudo, se preguntó qué habría llamado la atención del oso para que quisiese acceder precisamente a su casa y no a otra.

—Nos habrá olido a nosotros, ¿no, *Doggy*? —preguntó—. Yo tendré que dejar de usar Hugo Boss y tú Carolina Herrera for Women.

El husky siberiano giró la cabeza cuando vio que se dirigía a él. Solía hacerlo cuando no entendía lo que su amo quería decirle. Patrick sonrió: le encantaba aquella gracieta, y por eso en muchas ocasiones le preguntaba o hablaba para que el perro la hiciera.

—Bueno, vamos a ir a la ciudad. Hay que hacer aprovisionamiento de muchas cosas, amiguito —continuó Patrick, hablando en alto y más para sí mismo que para su can.

Después de todo, su voz era la única que escuchaba. A veces, deseaba que *Doggy* fuese el perro protagonista de alguna fábula y que le hablara, aunque lo hiciera para darle una lección. Pero no lo era, y se tenía que conformar con escucharse a sí mismo o escuchar de manera aislada la voz de Peter o la de su hija en la lejanía. Y cuando esto sucedía, Patrick, que acostumbraba a acomodarse en una silla en el porche aunque hiciese frío, cerraba los ojos y se imaginaba sentado en ese mismo porche, en una cálida tarde de verano con el sol anaranjado cayendo en el horizonte, viendo a los niños corretear por la calle principal, montar en sus bicicletas, jugar al béisbol, a la comba o a las canicas o simplemente cambiar, sentados en la acera, cromos de jugadores de béisbol; respirando un aroma mezcla de césped húmedo recién cortado y pastel de carne preparado por alguna vecina y puesto a reposar en el alféizar de alguna ventana.

Imaginaba esto en los días en los que se sentía más solo. Y una lágrima traicionera y tibia surcaba las incipientes arrugas de su rostro.

6

Peter había plagiado descaradamente la idea de la alambrada de su vecino. Incluso comenzó a poner la suya el día después de que observara en la distancia cómo Patrick lo hacía. Sin duda, su vecino tenía más práctica, pero él no se avergonzaba del resultado. Le quedó bastante decente para no haberlo hecho nunca. Había abierto agujeros en el muro con un martillo y un cincel, a un metro de distancia cada uno y a cincuenta centímetros de profundidad. Después preparó hormigón y, uno a uno, fue poniendo a nivel cada poste metálico echándole la mezcla. Cuando terminó toda la cerca, tarea que le costó alrededor de un mes, comenzó a extender la alambrada por el cercado y a anclarla a los postes con alambre retorcido. Después, extendió otra malla desde su tejado hasta la pared del jardín que daba a la calle. Convirtió su casa y su jardín en una enorme pajarera. Esa mañana, después de ver a través de la cristalera del salón que Patrick entraba en su casa, salió a su porche y se desperezó. Había tenido una idea aún mejor y que haría más efectiva su protección. Cavaría una zanja bordeando el exterior de su propiedad. No muy ancha, aunque de igual modo sería un trabajo colosal hacer aquello sin máquinas. Pero tenía todo el tiempo del mundo. Además, no era tan descabellada la idea. Para hacerlo tendría que empezar por los jardines de sus antiguos vecinos, el de Ralph Weiss a su derecha y el de Larry Holleman a la izquierda, y sabía que en los jardines las máquinas ya habían cavado para después echar tierra fértil encima cuando construyeron las casas. Todo el mundo quería un hermoso jardín o un pequeño huerto en Bangor, y las nuevas construcciones se aprovecharon de eso.

El problema sería excavar delante de su fachada. Recordó cuando tuvo una avería en la tubería principal que daba a la calle y se formó un barrizal. Los de mantenimiento de la empresa de aguas tuvieron que abrir la zanja con una pequeña excavadora amarilla, pues había demasiadas piedras para utilizar un simple pico.

Pero ya tendría tiempo de maldecir más adelante, cuando el choque de su pico contra aquellas piedras le provocase calambres que le recorrieran todo el brazo y parte de la espalda.

Entró en el salón y cogió unos guantes de cuero, una chaqueta de piel forrada de lana y un gorro negro. Una pulmonía en aquellos momentos volvía a ser casi mortal.

—¿Vas a quedarte aquí? —preguntó a Ketty.

—Sí, papi —contestó la niña, abstraída, sentada en la moqueta.

—Bien —dijo Peter revolviéndole el cabello—. Estaré aquí al lado, en el jardín de Larry, haciendo unas cosas. Si sales, me verás al otro lado del muro. ¿Vale?

La niña asintió, así que la dejó jugando con sus dos muñecas rubias. Una punzada de sufrimiento le recorrió toda el alma. ¿Cuánto recordaría la niña de aquella fatídica noche en que sus peores pesadillas habían cobrado forma?

Agarró una escopeta y una herrumbrosa pala, pensando en que tendría que hacerse con una nueva en la próxima incursión a la ciudad. Seguro que en el Toolsmarket encontraría más de una. La casa solo conservaba una pequeña puerta para entrar y salir. A la grande, que antaño se usaba para meter el coche en la propiedad, la había sustituido por una tapia de ladrillos rematada por una alambrada; era un punto demasiado vulnerable, ya que no había sido capaz de poner la alambrada sobre la puerta porque era demasiado estrecha.

Salió a la calle y volvió a cerrar con un par de candados; luego se dirigió a un lateral de la casa con la pala y la escopeta al hombro y cantando en voz baja:

—¿Qué será, será? —Intentaba imitar infructuosamente el acento francés que requería la canción—. El mundo nos lo dirá...

No pudo evitar echar un vistazo a la propiedad de Patrick. Había hecho un buen trabajo con la pala, aunque un poco inútil porque parecía avecinarse una nueva nevada por el oeste. Sus botas se hundían casi hasta la rodilla en la nieve. Recordó cuando de joven se quejaba del clima de Bangor. «El infierno blanco», le llamaba. Además, la ciudad era pequeña, y salvo el festival de música a orillas del Penobscot donde las bandas locales y los imitadores de Elvis tocaban, allí no había nada que hacer. Antes de que comenzara la guerra, el censo del ayuntamiento tenía registradas a cerca de cuarenta mil personas. Demasiadas para ser un pueblo y muy pocas para ser una ciudad con algo de bullicio.

Sin embargo, ahora estaba agradecido a Bangor, tanto por él como por su hija. Las temperaturas extremas y la baja demografía habían conseguido que la pequeña ciudad permaneciera casi intacta. Salvo por los bombardeos sufridos en el aeropuerto internacional y en el de Brewer, en los cuales habían muerto decenas de personas, en su mayoría trabajadores que no eran de Bangor. Un acontecimiento que provocó el pánico y el caos en la ciudad.

Al enemigo —al contrario de lo que había hecho en ciudades de todo el país— no le interesaba diseminar ningún tipo de virus allí por dos simples razones: apenas había gente y el frío destruiría cualquier tipo de arma biológica que fuese esparcida por aerosoles, que era la forma más rápida, barata y efectiva de hacerlo.

Pese a eso, la relativa seguridad de que allí gozaban no había impedido que todos abandonasen la ciudad el día en que los militares les indicaron que tenían que evacuarla y trasladarse a la base militar de Portland. Dijeron, a través de los altavoces de los vehículos militares, que allí estarían seguros. Que había una base donde todos disfrutarían de seguridad, agua y comida. Y Helen, él y la pequeña estaban los primeros en la cola de los autobuses militares que les aguardaban junto a la enorme estatua del leñador Paul Bunyan.

Todos estaban allí para ser evacuados, todos menos Patrick. Al irse de su casa, el matrimonio Staublosky y su pequeña pudieron verlo en su porche, sentado en una mecedora de mimbre y bebiendo cerveza; escuchando country en un viejo aparato negro y saludando con la mano o con una inclinación de cabeza a todo el que se iba. Su perro permanecía echado a sus pies, y cada vez que Patrick saludaba a alguien, levantaba la cabeza para mirar.

Helen, respondiendo a un impulso, lo saludó con la mano, y Peter la recriminó con su mirada. Ella bajó la vista con expresión de arrepentimiento y siguió andando cabizbaja, con lágrimas a punto de brotar, estrechando a su pequeña hija contra su pecho y odiando aquella maldita guerra como todos los demás.

Peter decidió no seguir recordando. Ya sabía cómo hacerlo a fuerza de práctica. Así que entró en la propiedad de Larry descorriendo un pequeño pestillo de la puerta e intentando cambiar el rumbo de sus pensamientos.

Larry Holleman había sido un buen vecino. Le debía la vida de su hija.

Desde que Helen y él se mudaran allí recién casados, el anciano les había tratado bien. Era un viudo de unos setenta años que se había dedicado en su juventud a temas bursátiles y en cuya mirada aún se detectaban una inteligencia felina y una vivacidad fuera de lo común. El día en que llegaron a su nueva casa, Larry apareció cinco minutos después del camión de la mudanza con una tarta de queso, tres cafés solos y la agradecida intención de ayudar a la joven pareja con el traslado. Obviamente, aceptaron la compañía del hombre durante un rato, pero rechazaron de manera gentil la ayuda. Aunque Holleman conservara toda su astucia y memoria, su marchito cuerpo no podía perdonar el paso del tiempo.

«Ahora está muerto —pensó Peter—. Muerto como todos.»

—Los autobuses —recordó en voz alta, pero en seguida arrojó a un lado aquel recuerdo.

Sin embargo, aquel día de mudanzas tanto tiempo atrás sí aceptaron la ayuda de Patrick. La aceptaron porque eran amigos, muy amigos. Además, Patrick se acababa de divorciar y necesitaba algo con lo que entretener su mente. Y un hombro en el que llorar.

Peter empezó a apartar a palazos la nieve que bordeaba el muro. Era incómodo trabajar con tanta ropa, pero no quería esperar a la primavera, cuando no hubiese nieve, para comenzar con aquella tarea. No había noticias del mundo exterior y, por lo que a él respectaba, la guerra aún podía continuar en otra parte del país o del planeta; o, al contrario, todo el mundo habría podido irse a la mierda, que era lo más probable.

—¡Eh, polaco! —la voz a su espalda le hizo dar un respingo—, ¿vas a hacer de tu casa un castillo feudal? Si quieres, te presto un par de cocodrilos.

Peter levantó la cabeza, se giró y vio detrás del muro de metro y medio la cara sonriente de Patrick, cercada por el gorro de orejas del anorak. Hizo caso omiso de la presencia del hombre y continuó con la tarea.

—No es mala la idea de cavar un foso; laboriosa, eso sí —dijo Sthendall ante el mutismo del otro—. Pero te sugiero que empieces por delante de tu propiedad. Esta noche he recibido la visita de algún oso que quería llenarse el estómago conmigo y con mi perro, y empezó a cavar por delante.

Peter oyó el ruido de su puerta al abrirse; iba a decirle a Ketty que volviera dentro, pero cuando levantó la cabeza Patrick ya no se encontraba allí. Lo vio dirigirse calle arriba hacia la ciudad, andando con paso ligero y con su perro corriendo de un lado a otro, delante de él. Pensó que iría a buscar aprovisionamiento. Si algo bueno había tenido la ciudad es que casi no había sido saqueada por vándalos antes o después de la evacuación. Los militares y Durham se encargaron de ello con mano dura.

—¿Hablabas con alguien, papi? —preguntó la niña con su pequeño ceño fruncido.

Él negó con la cabeza.

—Con nadie, hija. Sólo cantaba en alto.

Ella asintió y se sentó en el porche, con las muñecas en sus rodillas. Peter la observó, tan frágil, tan pequeña.

—Oye, guapa —le dijo—. Ve dentro y abrígate mejor si quieres estar sentada ahí, que hace mucho frío.

Ella sonrió, se levantó y entró en la casa a toda prisa. Minutos después salía arropada con un abrigo de Helen, de imitación de piel. Lo había cogido de su armario; aún no había sido capaz de tirar su ropa pese a que al mirarla se encontraba de lleno con la bofetada de una cruda realidad que le decía que jamás volvería a verla.

«Nunca más, nunca más».

Apartó al cuervo de Poe de un manotazo mental.

A la niña el abrigo le quedaba enorme, y casi lo arrastraba por el suelo.

Peter intentó sonreír hasta que Ketty le hizo una pregunta. Entonces se le encogió el corazón en el pecho y dejó caer la pala.

—¿Crees que a mami le importará que se lo coja prestado?

7

Cuando veía al perro corretear por la acera, detenerse, oler un rastro en la nieve de Dios sabe qué y salir disparado en alguna dirección hasta que comenzaba a ladrar, Patrick sentía algo así como momentos efímeros de felicidad. A *Doggy* que el mundo se hubiera ido al carajo le daba igual, y eso a veces era contagioso. Solo a veces.

Vio cómo, enérgico, el perro cavaba por debajo de un banco sepultado por la nieve y comenzaba a gruñir. Olisqueó el aire y volvió a centrarse en cavar.

—A ver si espabilas y esta noche cenamos conejo, Rantamplán —le dijo al perro. Éste lo miró y siguió a lo suyo.

Hicieron una pausa en el parque de Hannibal Hamlin. Las palomas ya no se cagaban en la cabeza del vicepresidente de Lincoln; no es que hubieran dejado de existir, pero su población sí que parecía haber mermado, y mucho.

Miró la quietud personalizada que cobraba vida a su alrededor. Las casas, ánimas de tejados de pizarra; los pisos vacíos, fantasmas de ventanas oscuras y fachadas descascarilladas; los coches, cadáveres metálicos bien aparcados en la acera, esperando poner en marcha sus calentadores y comenzar a andar, como muertos vivientes. Incluso las campanas de la iglesia de Saint John, antes tan ruidosas y estridentes, permanecían ahora mudas y mecidas débilmente por el furibundo viento. Parecía que en cualquier momento la ciudad despertaría y volvería a retornar inmediatamente a su actividad parsimoniosa; que el silencio mudo que reinaba sería roto por el estruendo de las bandas municipales que tocaban en verano al aire libre en todos los parques de la ciudad o a orillas del Penobscot durante el Festival Popular, cuando el paseo olía a pescado. Pero Patrick sabía que eso no era posible. La música en directo, por muy mala que fuera a veces, jamás volvería a retumbar en aquellos parques o en el río. Nadie volvería; no después de casi un año. Al igual que los miles de neoyorquinos que huían de la ciudad por el túnel Lincoln no abandonarían sus coches, que les sirvieron de sepultura, para volver a sus casas.

«Y aunque sea cruel, ¿de qué serviría? Si todo volviera a la normalidad, seguiríamos sin haber aprendido jodidamente nada», se dijo.

Mientras callejeaba por la ciudad, contemplado aquellos resquicios en los que la guerra se había dejado sentir más, imaginó Nueva York. Había estado allí cuando tenía veinte años, acompañando a su tío Charlie. El mayor putero de Bangor, según se rumoreaba. Y no se equivocaban. Su tío siempre tenía una frase con la que parecía solucionarlo todo cuando estaba metido en algún problema, y era: «¡Eh, Patrick, que yo siempre me lavo la polla en el lavabo después de mear!».

Su tío Charlie fue de los primeros en morir en los bombardeos. Durante su estancia en la Gran Manzana se dijo a sí mismo que no había ciudad más cosmopolita y cargada de vitalidad que Nueva York, y que con razón se la llamaba «la ciudad que nunca duerme». Creyó que no habría sitio inigualable a Times Square, con sus miles de almas paseando por calles de neón, riendo, llorando, discutiendo o simplemente embelesadas como él ante la inmensa jungla de asfalto que se abría ante ellos, con rascacielos tan altos que ver el manto de estrellas durante la noche era tan imposible como que las alas de Ícaro hubiesen funcionado.

Vio también a camellos traficando con droga en la esquina de Broadway, y a viandantes negociando con las prostitutas que tomaban la Séptima avenida cuando la policía hacía la vista gorda. Los chulos las vigilaban mientras las esperaban en sus llamativos coches y no dudaban en apalearlas si notaban que sus putas escondían algo de dinero en el coño.

Puro espíritu de Nueva York.

Después de la guerra biológica, a la Gran Manzana se la podría haber llamado «la ciudad de los árboles de ramas ro tas» por los miles de brazos alzados, con dedos encrespados en manos arrugadas, que mirarían al cielo en una mueca de horror absoluto, suplicando para que los neones de Broadway volvieran a encenderse una vez más en Manhattan, solo una vez más.

Siguió caminando pensativo y un poco aterido por las calles desiertas de Bangor, paseando junto al campo de béisbol de Mansfield, que había financiado Stephen King, vecino de la ciudad y «rey» de la novela barata. Ahora el estadio permanecía sepultado por la nieve y abandonado, en lugar de colorido y jubiloso; y Stephen King podría estar criando malvas o encontrarse en cualquier búnker para personas VIP que hubiera en el jodido país.

Buscó con la vista algo que le permitiera hacerle creer que los colores existían y no eran cosa del pasado. Los tonos sepias ya no eran bonitos ni en las fotografías.

Bordeó el puerto, tan populoso antaño y centro de la mayoría de negocios de Bangor. Allí, algunos viejos cargueros oxidados se repartían el muelle con varios yates de lujo anclados, vestigios de otra clase social extinguida. Vio a lo lejos el aeropuerto internacional de Bangor, que antes de la guerra comunicaba la ciudad directamente con Boston, Newark, Filadelfia, Detroit, Cincinnati, Atlanta y Orlando y de forma estacional con Nueva York, pero que ahora dormitaba tan inútil como su torre de control convertida en escombros... Todo era tan inútil en Bangor como escupir hacia arriba pensando que el salivazo no te caería encima.

Enfiló hacia el ayuntamiento, más en concreto hacia la calle comercial de St. Clement, donde estaba el supermercado de Gordie's Hancok. O Gordie's Hancok el muerto. Los árboles, desnudos y esqueléticos, suplicaban por un pijama verde que aún tardaría en llegar. También las ardillas y los pájaros parecían haberlos dejado abandonados a su suerte.

—Chucho, ven aquí o a la vuelta no te doy cerveza —dijo cuando se paró enfrente de Gordie's.

Entró en el que era uno de los supermercados más grandes del pueblo. Había varios más distribuidos por Bangor, pero a él le gustaba recorrer los pasillos anaranjados de aquel, porque le transmitían cierta serenidad. Había sido tranquilo en sus mejores días y era tranquilo en sus peores; eso le hacía olvidar durante unos momentos lo que había ocurrido.

Al principio, y durante varios días enteros, se entretuvo limpiando aquello de material propenso a pudrirse con rapidez, al igual que sabía que Peter lo había hecho en otras grandes superficies de la ciudad. La verdura, la fruta, el pan mohoso… todo lo había arrojado a los enormes contenedores metálicos de la calle trasera de Gordie's. Allí podían pudrirse tranquilamente y así evitaba malos olores dentro del supermercado o que todo el ambiente se volviera insalubre. Tanto Peter como él tenían una especie de acuerdo tácito para no desvalijar los supermercados o sus almacenes.

Iban, se aprovisionaban de comida para una semana y de otros utensilios necesarios y regresaban. Simplemente lo necesario. Al menos así lo hacía él, obligándose a adentrarse en el pueblo y así de paso verificar si había novedades; «algo que nunca ocurría y que con toda probabilidad nunca ocurriría», pensó.

Se dirigió a la parte trasera del supermercado. Allí estaba el almacén, que era de donde sacaban las latas de conservas que no caducarían en años. Atún, caballa, calamares, sardinas, mejillones en escabeche… Se habían acostumbrado a comer pescado o moluscos a todas horas, y la verdad es que a Patrick le daba igual. Nunca había tenido un estómago exquisito y, pese a que siempre había tenido dinero, prefería frecuentar la sucia tasca de Joe Sillock, donde le servían las mejores costillas a la barbacoa de todo Maine y podía verle el escote a Marie Sue, que el restaurante de cuatro tenedores Gino's, donde sin duda no sabría apreciar un buen pichón de Bresse asado con salsa de foie ni el orondo culo del maître a la naranja.

Llenó de latas la pequeña mochila oscura que llevaba. Añadió también comida de perro —que incluso una vez probó (y que le hizo vomitar)—, cervezas y algunas pilas para escuchar el radiocedé en el porche y para la linterna.

—Vámonos, Milú —le dijo a *Doggy*, que correteaba por todo el supermercado con la lengua fuera y olisqueando todas las esquinas en busca del meado de algún otro congénere.

Patrick enfiló el pasillo central casi hasta llegar a la salida. Rozaba con la mano todos los artículos, aunque ya se conocía la situación de todo el supermercado de memoria. Cuando se volvió, observó a su perro apostado junto a la puerta trasera que daba al estrecho callejón de contenedores. Gruñía.

—¡Chucho, vamos! —le gritó desde los mostradores.

El perro siguió allí, con el pelo del lomo erizado, lanzando gruñidos intermitentes y con el cuerpo tenso, a punto de saltar. Deshizo el camino y se acercó a *Doggy*, que se había separado de la puerta metálica, reculando un poco.

—¿Qué te pasa, *Doggy*? —le preguntó con cierto reproche en su voz, creyendo que el perro habría olido el rastro de alguna rata.

Al otro lado se oyó algo. Un tufo a carne podrida o a algo muerto inundó sus fosas nasales. Mandó callar al perro y aguzó tanto el oído como el olfato. «Están rebuscando en la basura», pensó. De repente, en la parte trasera algo gruñó. Patrick supo que nunca había escuchado un gruñido semejante en su vida.

—Salgamos de aquí —susurró al perro mientras lo levantaba en vilo.

No podía dejar de mirar aquella puerta y caminó hacia atrás. Imaginó que en cualquier momento podía combarse o salirse de sus bisagras empujada por una fuerza que escapaba a su capacidad de entendimiento.

Levantó la escopeta en dirección a la puerta, con el gatillo presionado. El silencio ahora era absoluto. La tranquilidad que precede a la tempestad en alta mar. Algo se acercó a la puerta, lo podía oír. Lo podía... oler.

Pero no sucedió nada y Patrick salió de espaldas, sin dejar de apuntar, por la parte delantera. No se giró hasta que salió de aquella calle. De regreso a su casa se convenció de que aquello que gruñía en el callejón era un oso negro.

Un gran oso negro.

Era perfectamente normal que se adentraran en la ciudad en busca de comida, sobre todo en la temporada de fríos, cuando les costaba encontrar comida en el bosque y vagabundeaban de aquí para allí. De hecho, él había visto unos cuantos osos antes de la guerra paseando por calles de la periferia, y había ayudado a Stratham, Durham y a sus chicos alguna que otra vez a devolverlos a su hábitat.

—Menudas alfombras tendría yo en mi casa si pudiera —decía el viejo sheriff cada vez que capturaban a uno de esos osos, y se echaba el sombrero hacia atrás, rascándose la frente ante la mirada de enfado del veterinario y las risas de sus dos ayudantes.

Cuando Patrick llegó a su barrio, bajó por la calle principal, una calle de postal navideña, le gustaba decirle al perro. Peter no estaba en la zanja, aunque se veía que había comenzado a cavar, y a buen ritmo. Un montón de nieve y tierra descansaba a la derecha del agujero y la pala se erigía triunfante encima de él.

—Si Holleman viera que estás buscando lombrices en su jardín... —murmuró con una sonrisa en los labios. *Doggy* lo miró con la cabeza girada y él también la giró hacia el otro lado, haciendo una mueca con la boca.

La niña, sentada en el porche, jugaba con unas muñecas harapientas mientras lo miraba con disimulo. Hizo amago de levantarse, pero la voz de Patrick la impulsó a detenerse.

—¡Hola, guapa! —la saludó levantando la mano—. ¿Eres nueva en el barrio?

Ella lo miró con ojos entornados, juntando las cejas. Después bajó la mirada, se levantó y se metió en la casa sin decir nada. No había cerrado la puerta del todo y asomó su cabecita cuando creyó que su vecino no podría verla. Sonreía y se parecía tanto a Helen que durante esos segundos a Patrick se le encogió el corazón en el pecho.

—¿Te gusta mi perrito? —preguntó Patrick sonriendo e intentando parecer simpático.

Ketty asintió: le encantaba aquel perro. «Ojalá tuviera uno igual», pensó.

—Entra en la casa —le dijo su padre, que salía al umbral con una botella de agua pequeña y aspecto sofocado. Ella le hizo caso y Peter se quedó mirando a Patrick, desafiante. El sudor frío le recorría las sienes y bajaba por sus pómulos. Sintió que una ráfaga de aire helado hacía el sudor aún más molesto. El largo y canoso pelo de Patrick onduló durante unos momentos y volvió a caer sobre sus hombros.

—¡Hey!, esta noche haré una barbacoa en mi jardín —dijo este, sonriendo—, y habrá baño en mi piscina. He contratado a Neal Diamond para que nos dé un concierto. También vendrá ese imitador de Elvis tan malo, Bruce Nye. Y un par de tías buenas y algo calentorras que conocí la otra noche en el Angelus. Espero que vengáis a cenar, polaco. —Levantó un brazo en señal de hastío y se retiró. Ya de espaldas, exclamó—: ¡Va a venir todo el barrio, tú sabrás!

Luego desapareció dentro de su casa, con el perro siguiéndolo.

8

Peter volvió a la zanja. Estaba cansado, pero le gustaba mantenerse entretenido en algo. Si ejercitaba los músculos, no pensaba tanto. Y pensar se había convertido en un acto demasiado doloroso. Agarró la pala y comenzó a clavarla con fuerza en la tierra mientras intentaba recordar el estribillo de aquella canción que no paraba de venirle a la mente.

—¿Qué será, será? —canturreaba entre nubecillas de vaho mientras arrojaba las paladas a su derecha.

Llevaba así más de una hora. Ya no cantaba y, debido al desgaste físico, no pudo impedir que un recuerdo cruzase la frontera que lo mantenía confinado en la parte oscura de su cerebro. De no haber estado tan cansado, el guardia mental de su cabeza lo habría abatido de un disparo, sin dudar, ya lo había hecho muchas veces; pero el guardia mental llevaba demasiadas horas en su garita, y ya no se mostraba tan efectivo.

Su familia había llegado en barco a Estados Unidos proveniente de Varsovia. Desembarcaron en la isla de Ellis, que tantos millones de inmigrantes había recibido a finales del siglo XIX y principios del siglo XX.

Su abuelo Pavel Staublosky, su abuela Mitra y su padre Krisha, apenas un niño. Todos huían del pasado en busca del sueño americano. Acostumbrados al frío y a la tala de árboles en su país, emigraron al condado de Maine, famoso por sus bosques. Le contaba su padre que desembarcaron sin dinero y que llegar hasta Bangor se convirtió en toda una odisea. Los años cuarenta fueron duros, pero los Staublosky encontraron trabajo mal pagado en Bangor, en una serrería ya desaparecida a orillas del Penobscot, donde su abuelo trabajaba más de doce horas diarias descargando troncos de los camiones o recogiendo los que bajaban del río y cortándolos en las sierras. Eran inmigrantes, apenas dominaban la lengua más allá de dos o tres palabras básicas y la gente de allí se mostraba reticente con los extranjeros; pero, pese a ello, los Staublosky eran felices por que ganaban más de lo que jamás habrían soñado en Varsovia, y además no tenían que temer las duras represalias políticas de un país convulso donde la muerte dejaba alargar su larga sombra sobre ellos en más ocasiones de las deseadas.

Para cuando Peter nació, su abuelo ya había muerto de un ataque al corazón. La gente había asumido la presencia de los Staublosky en lo que todavía era una ciudad en ciernes. Krisha, con treinta y cinco años, se había casado con Lisey Kunt, una joven y hermosa rubia de Minnesota que iba de vacaciones a Bangor a ver a su tía Cindy Kunt. Y fruto de ese matrimonio nació Peter, el primer Staublosky estadounidense. Decidieron ponerle un nombre típico del país porque así, seguramente, tendría un futuro más fácil. Y aunque esto funcionaba al principio, cuando la gente oía su primer apellido retrocedía un poco en sus buenas intenciones y preguntaba desconfiada:

¿Eres judío?

Es lo primero que querían saber de él, y era algo que ya había llegado a odiar siendo niño.

Su abuela murió cuando él tenía cuatro años; a ella se la llevó un cáncer de mama. Apenas recordaba nada de Mitra, solo imágenes sueltas en las que se la veía sentada en un gran sillón marrón, con dos enormes pechos, rebosando kilos por los costados, con un pañuelo en la cabeza cubriendo sus canas y mirándole muy seria con sus oscuros ojos; y hablándole en un idioma que no acababa de comprender del todo porque en casa casi no se utilizaba. Cuando Peter se lo hacía entender, ella contestaba en un inglés tosco de acento duro:

—No olvides nunca tus raíces, niño. Tu abuelo era polaco, yo soy polaca y tu padre es polaco; así que tú eres polaco.

Y no lo olvidaría nunca, porque se lo harían recordar toda la vida. No es que le molestara al principio. Pero cuando en el colegio de primaria le llamaban «polaco» con el mismo tono que si le llamaran «cabrón», decidió que prefería mantener sus raíces europeas en el anonimato, una actitud que molestaba a su padre, cuando este todavía se contaba entre los vivos.

Fue en el colegio, en sexto curso de primaria, cuando conoció a Patrick Sthendall. Los demás niños del Husson también la tenían tomada con él, pero de diferente manera. De Patrick se hablaba a sus espaldas, nunca a la cara. Según se decía, era hijo de un asesino que cumplía condena en la penitenciaría de Portland, cadena perpetua por doble asesinato. Su madre, Pa tricia Sthendall (aún conservaba el apellido de casada), trabajaba en la pequeña tienda de alimentación del padre de Gordie —también se decía que el padre de Gordie se la tiraba en la parte trasera de la tienda aprovechando los viajes de la señora Gordie a la capital— cuando aquello todavía no era un supermercado.

La primera vez que Peter y Patrick se dirigieron la palabra fue el día de Halloween.

El día de los muertos. La noche en la que los espíritus volvían para amedrentar a los vivos.

Todos en el colegio se preparaban para celebrar la fiesta cosiendo disfraces, pintando caretas o vaciando el interior de las calabazas. Los niños reían, los profesores reñían, pero Peter estaba enfadado, y mucho. Quería disfrazarse de zombi, pero la profesora le obligó a prepararse un traje de Peter Pan.

—¿Tú eres polaco? —le preguntaron a su espalda.

Cuando se giró, se encontró de frente al repetidor oficial de curso de aquel año, un Patrick alto, que ya lucía una melena leonina castaña y unos ojos grises que volverían loca a más de una chica en años venideros.

Un Patrick al que todo el mundo respetaba.

—¿Y tú eres un asesino como tu padre? —le espetó Peter sin pensarlo dos veces.

Patrick abrió los ojos desmesuradamente mientras propinaba un puñetazo en la nariz del renegado Peter Pan. Luego se le echó encima, pero una patada en los huevos le detuvo y cayó de lado al suelo agarrándoselos y aullando, presa de un dolor que no había sentido hasta entonces.

Los niños formaron corro mientras Peter se levantaba tambaleante, sangrando por la nariz. No quería seguir con aquella pelea, pero Patrick, herido en su orgullo —y con los huevos machacados—, sí. La profesora impidió que aquella trifulca llegara a más y los acompañó a la oficina del director. Éste, cuando estuvo a solas con ellos, se levantó, les dijo que no volvieran a pelearse en su colegio y le propinó una bofetada sonora a cada uno. Los dos aguantaron las lágrimas como valientes, pero nunca olvidarían aquello.

Y a raíz de aquella pelea surgió una gran amistad. Y en los años venideros nadie recordaría a Peter sin Patrick, o a Patrick sin Peter.

Eran otros tiempos.

Un Peter adulto, con una pala en la mano y mirando hacia la propiedad de su antiguo amigo no pudo detener una lágrima fugitiva que escapó de su penal.

—¿Por qué me fallasteis? —dijo con voz trémula—, ¿por qué?

9

Patrick soltó en el salón la mochila. Sacó de la nevera una lata de cerveza y le dio un buen trago; después, le echó a *Doggy* un poco en su cuenco. Vio cómo el perro bebía y se marchaba un poco tambaleante a su rincón detrás del sillón. Luego el can se echó a dormir.

Su amo bajó al sótano.

Encendió la luz tirando de un interruptor de cuerda, al estilo antiguo. «¿A qué genio de la decoración se le ocurriría hacer algo así en pleno siglo XXI?», pensó.

Bajó las escaleras entre vaharadas provocadas por su aliento y se dirigió hacia la mesa de madera que había instalado en un rincón, el más seco. En aquel cubículo la temperatura era unos cuantos grados más baja que en el resto de la casa. Allí tenía una radio emisora receptora de color negro, el mismo modelo y la misma radio que había en la comisaría de policía de Bangor antes del fin de todo. El cable de la antena asomaba por uno de los tres ventanucos que había a ras de suelo y trepaba por la pared hasta el tejado.

Había robado aquella radio porque era buena y porque era de las antiguas y no usaba el nuevo método de encriptación que tenían las actuales de la policía. Lo sabía de buena tinta porque el ayudante del sheriff Mike Renfield era un charlatán y se le iba la lengua cada vez que tomaban unas cervezas de más.

—Cuando Durham se entere de que he robado su radio y su antena, me cortará los cojones —dijo al sótano.

Luego dio un trago a la cerveza y se sentó en la silla, que crujió lamentándose.

Encendió la radio y comenzó a cambiar de frecuencia cada poco tiempo. Buscó en la banda de 110136 MHz, que era la que se usaba en la aviación comercial. Nada. Lo intentó de 144148 MHz para ver si algún radioaficionado con una «banda de dos metros» pedía auxilio —o lo proporcionaba—. Nada. Tampoco tuvo suerte escuchando de 137174 MHz, la frecuencia en la que emitían los servicios de emergencia sanitaria, policial, seguridad privada, transporte urgente, radiotaxis, transportes, etcétera, y de 156160 MHz, la banda marítima.

Nada. ¿Y qué esperaba oír? ¿Quizá una conversación tipo:

«¡Hey, Johnny!, voy por la I95 y me encuentro en el kilómetro 52 a una tipa haciendo dedo. Estaba como un tren, así que la monto al camión, me la camelo y cuando voy a follármela tenía un rabo más grande que el mío, ja, ja, ja?».

No, en lugar de aquello se encontraba a diario con la misma terrible y fría estática de siempre. Un sonido que también se había acostumbrado a oír y a odiar con facilidad. Por eso no instalaba la radio en el salón o en alguna de las habitaciones de arriba. Verla le garantizaba varias horas de malestar.

—Alfa, beta, Charly —dijo pulsando el botón para emitir en diferentes bandas—. ¿Me recibe alguien?

Esperó en silencio con el corazón encogido, los ojos cerrados y el micro apoyado en la frente. Siempre le ocurría aquello. No aprendía. El crepitar de la estática fue la única respuesta a sus palabras. Volvió a repetir la fórmula con idéntico resultado.

—Señor presidente de los Estados Unidos, sé que me escucha —dijo después—. Quiero decirle que este año no podré invitarle a pavo el día de Acción de Gracias, espero que sepa entenderlo. Saludos a Michelle y a las niñas.

Se arrugó en su silla, con impotencia, mordiéndose los nudillos. Decidió que permanecería algunas horas allí abajo, escuchando la conversación de su amiga estática y emitiendo de vez en cuando en busca de respuesta.

En un momento dado se inclinó y agarró algo de la mesa. Una fotografía enmarcada con el cristal lleno de polvo, en la que aparecían él, Peter y Helen. Ellos la besaban en la mejilla a ella, situada en medio y exhibiendo una gran sonrisa. «Sonrisa marca Helen», le decían entre bromas. Porque Helen era especial. Estaban los enfados marca Helen, los abrazos marca Helen. Helen era en sí misma marca Helen. Genuina, pura.

Eran muy jóvenes, y esa imagen la captó el fotógrafo oficial del colegio, Billy «el Granos», el día del baile de fin de curso de 1989.

Recordó una conversación con Peter, cuando ambos eran adolescentes y se acercaba el gran día. «El día del polvo seguro», le llamaban.

—Tío, es que esto es muy grande —le dijo su amigo cuando los dos estaban sentados en las escaleras de piedra de la entrada del instituto—. ¿No crees?

—¿A qué te refieres, polaco? —contestó él. Sabía que no le gustaba que delante de los demás le llamara así, pero a solas no le importaba.

—Al baile de fin de curso de este año, capullo.

—Ah —contestó Patrick, lacónico.

—¿No estás emocionado, tío? —preguntó Peter levantándose. Se subió sus vaqueros gastados y se puso delante de él, tapándole el sol—. Yo creo que es uno de los días más importantes para un americano, tío. ¡Es como el día de tu jodida boda por lo menos! Es... es como el siguiente paso importante de tu vida. Digamos, que es una evolución, una... una...

—¿Es que vas a estrenarte? —preguntó abruptamente él con una sonrisa maliciosa—. ¿Quién será la afortunada que tenga que ir al psicólogo durante el resto de su vida después de la gran cita?

Peter comenzó a bajar los escalones, levantando el dedo corazón y alejándose hacia su casa. Por aquel entonces, él también tenía el pelo largo, y los dos parecían salidos de un grupo de *heavy*.

—¡Que te den! —espetó.

Patrick brincó de las escaleras y le alcanzó echándole un brazo por encima de los hombros. Los dos caminaban por entre los árboles florecidos por la primavera, con sus cazadoras de cuero estilo Tony Manero.

—¡Vamos, vamos, polaquito! No te pongas así —le dijo casi rozando la oreja con su boca—. En serio, dime, ¿a quién has invitado?

—No mereces que te lo diga, cabrón —contestó Peter marcando una pausa para hacerse el interesante—. Es Helen McNamara.

Patrick deshizo el abrazo y se detuvo en seco. Peter se dio la vuelta con una sonrisa calculada. Había conseguido el efecto deseado. Los transeúntes les esquivaban en mitad de la acera, molestos.

—Vamos, no me jodas, Staublosky.

—No me gustaría, pero si es lo que quieres... —bromeó—.

Ahora en serio, me dijo que sí.

—¡Maldito cabrón! —exclamó Patrick—, y bien guardado que te lo tenías.

Volvió a abrazarle y continuaron caminando, riendo y hablando de lo mismo. Llegado el día del baile, Patrick acudió con otra de las chicas más guapas del instituto, Kathy Pruset, o Kathy alias «Garganta profunda», y Peter se presentó con Helen McNamara.

Helen la genuina.

Cuando acabó el baile, y embriagados por varios tragos de ponche que habían conseguido infiltrar en la fiesta, se hicieron aquella foto, y de aquella noche nació un matrimonio.

Un matrimonio que él estuvo a punto de romper muchos años después.

—Alfa, beta, Charly —dijo, compungido, pulsando el botón rojo y cerrando los ojos con fuerza.

10

Una vez puesta en marcha la maquinaria del recuerdo, es imposible pararla; aunque los engranajes se encuentren herrumbrosos y viejos, y chirríen hasta hacer sangrar los oídos, y parezca que puedes meter una palanca y hacerlo saltar todo por los aires deteniendo el diabólico aparato.

Peter seguía cavando en la zanja, aunque con menos brío y descansando cada pocas paladas para echarse mano a los riñones con gesto dolorido. Los guantes le incomodaban y había comenzado a tener sarpullidos. La niña había salido un par de veces con sus muñecas, pero él la había mandado dentro. Hacía demasiado frío y comenzaban a caer los primeros copos del día. Pero él seguía empeñado en trabajar hasta la hora de la comida.

Recordó el comienzo de su relación con Helen, los buenos momentos que les depararon sus cuatro años de noviazgo y los siguientes. Resonaron en su mente las risas de su mujer durante el viaje de un mes que hicieron por diferentes estados del país en el viejo Buick 8 de color rojo y franjas blancas que su padre les había comprado poco después de la boda. Él quería viajar a Nueva York, descubrir la gran ciudad, coger el transbordador hasta Liberty Island y ver la estatua y la ciudad desde dentro de ella. Pisar la plaza de Times Square, de la que tanto les había hablado Patrick con voz trémula, y caminar abrazados entre el gentío y los neones. Pero ella prefería rodar por carreteras secundarias y parajes de Texas, a veces extendiéndose desoladores a lo largo de varias millas, a veces preciosos y sobrecogedores. Sintonizaba alguna emisora de música country, la ponía a todo volumen y asomaba la cabeza por la ventanilla intentando atesorar cada segundo dentro de su memoria, cada paisaje, cada olor, cada sensación. También le encantaba hospedarse en los peores moteles de carretera y follar hasta las tantas haciendo crujir los muelles e incluso cargándose alguna cama para luego dormirse echada sobre su pecho, desnuda y sonriente.

Así era Helen.

Los recuerdos acudían en tropel a reclamar su puesto de honor, uno tras otro. Aflojándole el ánimo. Le parecía curioso cómo el cerebro parecía eliminar o anestesiar los malos momentos. Para él, todo fue bonito: los días de pesca en el Penobscot que compartían con Patrick y alguna de sus múltiples novias —que siempre acababa en el agua empujada por Sthendall—, las noches de juerga por los pubs de la ciudad, donde se emborrachaban y jugaban al billar hasta las tantas, la boda de Patrick con Mónica Hollister en la que trozos de pan acabaron volando por todo el salón. Recordaba la cara de Mónica contemplando aquello horrorizada y con una mano en el pecho ante las risas de un Patrick que no dudó en estrellarle un trozo de pan en la calva a su suegro. Mónica era una abogada de Minnesota venida a más en los últimos años que había abierto un bufete en Bangor y que, por cosas del caprichoso destino, acabó enamorándose de su amigo.

Todo fue bucólico y pastoril, hasta que llegó la crisis al matrimonio de los Staublosky. Y llegó poco a poco, a hurtadillas, con los zapatos agarrados en una mano para no hacer ruido y con una porra en la otra para poder golpear con la contundencia con la que lo hizo.

Peter recordó una frase que decía algo así como que cuando no tienes dinero, tienes mucho tiempo, y que si tienes dinero es porque no tienes mucho tiempo. Lo segundo fue lo que acabó produciendo grietas en su matrimonio.

Ni él ni Patrick fueron a la universidad. Aquello no gustó en el seno familiar, pero en cuanto los dos se pusieron a trabajar en la serrería

Green Tree cesaron los reproches. Cuando llevaban un tiempo allí trabajando, decidieron ahorrar para fundar su propio negocio. Fue así como al cabo de un año trabajando duro fundaron con sus ahorros la empresa Happy Bags, mucho antes de que las asociaciones de protección medioambiental alertaran de la contaminación que producían las tradicionales bolsas de plástico. Se adelantaron a un mercado que aún no había nacido, el de las bolsas de papel reciclables para los grandes almacenes, y les fue bien. Tan bien que sus cuentas bancarias comenzaron a sumar ceros en la parte derecha en poco tiempo. Patrick y su mujer se mudaron a una zona residencial de nueva construcción. Una urbanización de casas blancas con jardín, a las afueras de Bangor y para gente bastante pudiente, como le gustaba decir a Mónica. Pero sacar aquello a flote y mantenerlo les costó más horas en la oficina y viajando de las que sus matrimonios podían permitirse sin que surgieran grietas. Mónica Hollister rompió su matrimonio con Patrick dos años después de fundar la empresa, llevándose de paso una buena tajada. La gente rumoreaba que el divorcio se había producido porque él le pegaba y comentaba que había heredado demasiados genes de su padre. Estos rumores se incrementaron cuando Patrick propinó una paliza a un lugareño borracho que tuvo la estúpida ocurrencia de murmurarlo en alto en el Strangi's Pub. Pero Peter sabía que nada de aquello era cierto. En primer lugar, porque conocía a su amigo y este jamás puso una mano encima a una mujer; además, si lo hubiera hecho, no tenía ninguna duda de que Mónica lo habría metido entre rejas; y en segundo lugar porque su propio matrimonio se resentía por lo mismo que había provocado la ruptura del de Patrick. Tenían dinero, también se habían mu dado al mismo lujoso barrio de Patrick, pero el problema seguía latente ahí. No le dedicaba tiempo a su mujer. Él y Helen llevaban meses buscando un hijo que no llegaba; veían ahí la solución temporal a la soledad que sentía ella durante todo el día. Pero el embarazo no se producía y las discusiones aumentaban, desgastando la relación. Ninguno de ellos quería decir nada en alto, pero la palabra «estéril» aguardaba expectante detrás del telón.

—Podías dejar de leer el periódico en los pocos momentos en que estás conmigo —le recriminó ella una mañana soleada, mientras desayunaban en la cocina.

Él apartó a un lado el periódico y la miró. Sabía adónde conducía aquello. Lo sabía porque ya lo habían vivido muchas veces, demasiadas.

Los rayos que entraban por la ventana bañaban la estancia, y se podían ver esparcidas moléculas de polvo en movimiento. A lo lejos se escuchaban los ladridos iracundos de un perro y el sonido intermitente de sus propios aspersores.

—Sabes que me gusta leer el periódico mientras desayuno —contestó bajando de nuevo la vista al papel—. Antes no te molestaba, incluso decías que te resultaba gracioso porque parecía un «politicucho de primera».

Ella llevó el plato al fregadero. Vestía un camisón transparente que poco margen dejaba a la imaginación. Su mujer tenía un cuerpo precioso, esbelto. No tenía nada que envidiar a una veinteañera. Le volvía loco el culo de Helen, tan prieto y respingón.

—Antes pasabas más tiempo conmigo. Por eso no me quejaba —murmuró con voz grave mientras lavaba el plato con demasiado brío.

—Ya volvemos al mismo tema de siempre.

—Será porque es verdad —atajó ella dejando caer con fuerza el plato en el fregadero—. Por mucho que eches mierda debajo de la alfombra, al final sabes que sigue estando ahí. Aunque quieras creer que no.

Él se levantó y agarró la chaqueta de la silla. Tenía una re unión importante con la multinacional Clement & Company y no quería llegar enfadado. Necesitaba tener una actitud positiva ante sus futuros inversores ingleses, ya que de ello dependía que sus cuentas aumentaran en unos cuantos ceros más que las Happy Bags cruzaran el charco.

—Tengo una reunión importante —dijo—. Intentaré volver temprano y saldremos a cenar. No quiero discutir, por favor. Esto es una mala racha, todos los matrimonios las pasan.

Helen se dio la vuelta, y él vio sus pechos, redondos, perfectos. La deseaba, pero a la vez el resentimiento acumulado durante el último año le impedía lanzarse sobre ella, destrozarle el camisón y hacerle el amor encima de la mesa de la cocina.

—Sí, quizá ya sea demasiado tarde para discutir —contestó Helen dando por finalizada la bronca.

Él suspiró, la miró a los ojos e intentó sonreír.

—Luego te llamo, cariño —dijo poniéndose la chaqueta y dirigiéndose hacia la puerta.

—Como quieras —contestó ella volviéndose y recogiendo los trozos de plato esparcidos por el fregadero.

Aquello ocurrió unos meses antes de que ella le confesara entre lágrimas que se había acostado con Patrick. Entonces fue cuando se dio cuenta de que la vida era una jodida ironía. Una broma de mal gusto que duraba demasiados años.

No se podía tapar el sol con un dedo.

No se podía esconder el polvo debajo de la alfombra.

El día de la confesión de infidelidad, Peter salió de su casa sin escuchar los gritos de Helen, que le rogaba que no lo hiciera, que no fuera. Cruzó la acera y entró en la propiedad de Patrick, su mejor amigo.

11

La mañana en que Patrick abrió su puerta y se encontró con un Peter al que le latía una vena en la sien sintió alivio. Antes de que el primer puñetazo impactara contra su cara, supo que Helen se lo había contado; pero aquello era lo que llevaba semanas esperando. Incluso le extrañaba que Helen no se lo hubiera dicho antes; aquella pareja había pasado una mala racha, pero eran el uno para el otro, y él lo sabía.

La había cagado y habría consecuencias.

El primer golpe le hizo retroceder; oyó crujir su quijada y sintió el dolor llegar en ramificaciones. Paladeó el sabor metálico de la sangre y Peter se abalanzó sobre él. El segundo golpe lo falló de lo nervioso que estaba, pero esto le provocó más furia y volvió a atacar.

—¡Hey, vamos, Staublosky, hablemos! —Sabía que era inútil decir aquello, pero era mejor que quedarse callado. No iba a defenderse, se había ganado a pulso todo lo que pudiera pasarle y sabía qué significaba aquella pelea. El fin de una gran amistad. El final y el inicio de una etapa.

Peter lanzó otro golpe y acertó de pleno en su estómago. Patrick se dobló en dos y su socio aprovechó para darle una patada en el costado y lanzarlo contra una pequeña mesa de cristal que acabó hecha trizas. Se revolvió intentando salir del amasijo de cristales y madera en que se había convertido la mesa. El cristal roto le rajó la mano, provocándole una fea herida que le cruzaba toda la palma. Comenzó a sangrar con profusión; necesitaría unos puntos.

Peter se le quedó mirando con desprecio, pero se contuvo para no matarle.

—Jamás esperé una cosa así de ti, hijo de puta. Si vuelves siquiera a mirar a Helen, te mataré, y lo digo en serio —le espetó con un tono que jamás le había escuchado—. Y mañana pondré en venta mi parte de la empresa. Si la quieres, contacta con Bill, él me llevará el papeleo.

Dio un portazo y salió de la casa. Él se levantó y fue al baño, lavó la herida y se ató un paño blanco húmedo que pronto se tornó rojizo. Su reflejo le miró desde el espejo.

—Eres un hijo de tu padre, Sthendall. Lo llevas en la sangre —le dijo.

Luego fue al hospital.

«¿Por qué lo hiciste?», se preguntaba conduciendo de vuelta, con la mano vendada y dolorida. Siempre había sentido algo especial por Helen. En principio solo fue atracción física, pero con el paso de los años había nacido algo más profundo. Helen sabía escuchar, era alegre, inteligente, y siempre parecía tener un buen consejo o una buena palabra para todo el mundo. En cierto modo, sus caracteres eran más parecidos. Peter era serio, mientras que Helen y él no dejaban pasar la oportunidad de gastar una buena broma. Peter era más reticente a todo lo que significara salir de su rutina, y ellos dos siempre intentaban innovar y remover esa rutina.

Quizá aquella complicidad se vio aumentada irónicamente cuando a Patrick comenzó a irle mal en su matrimonio. Patrick no quería hablar del tema con Peter, no se sentía cómodo porque él siempre había estado por encima de sus relaciones, y admitir que se encontraba mal representaba para él una especie de humillación.

Pero Helen le llamaba para preguntarle cómo se encontraba, cómo le iba. Incluso alguna vez quedaron para tomar café sin Peter, algo que llevaban largos años sin hacer. Entonces él daba rienda suelta a sus sentimientos más íntimos ante una Helen que le escuchaba con seriedad, con ambas manos apoyadas en la cara. ¿Y no era eso lo que buscaba? Que alguien le escuchara realmente, sin hablar. Él no iba a aceptar ningún consejo porque nadie mejor que él entendía su matrimonio, pero es que tampoco Helen intentó dárselo en ese momento. Solo estaba allí, brindándole su apoyo. Poniendo su mano encima de la de él y diciéndole que él siempre les tendría a Peter y a ella.

Cuando se divorció de Mónica, frecuentó más la casa de los Staublosky. Solía cenar allí casi todos los días y aquello le ayudó a salir adelante. Unos años después, cuando el matrimonio de Peter y Helen comenzó a resquebrajarse, él intentó devolverle el favor a Helen.

Pero acabó acostándose con ella un par de veces.

Cuando llegó en su furgoneta del hospital, esperó encontrarse con Peter y Helen guardando sus maletas en el Mercedes, pero no fue así. Sin embargo, se oían gritos. El dolor lacerante de su mano no era comparable con el que sentía en su interior. Quiso entrar allí, pedir perdón. Decir que todo había sido por su culpa.

Pero no lo hizo.

Los Staublosky no se mudaron, pero no volvieron a dirigirle la palabra nunca. Sus respectivos abogados arreglaron todo lo referente a la venta de la mitad de Peter y la totalidad de la empresa quedó en manos de Patrick y varios accionistas más, entre ellos los ingleses de Clement & Company.

Poco después se enteró de que los Staublosky visitaron a un asesor matrimonial. A los tres meses todo parecía irles de maravilla de nuevo —o eso mostraban de cara al público—, y otra nueva noticia llegó a sus oídos: pronto tendrían un hijo.

Ocho meses después nació Ketty, que colmó de felicidad la vida de aquella familia que había estado a punto de romperse.

Todo aquello sucedió antes de la guerra.

Varios años después, en un mundo roto, Patrick descruzó las piernas, que tenía encima de la mesa, y se incorporó. Decidió que ya había pasado demasiadas horas martirizándose con sus recuerdos y con la radio. La apagó sin hacer un último intento y fue arriba. Su perro le recibió con dos rápidos movimientos de cola. Cogió un par de latas de cerveza, dejó un poco en el cuenco de *Doggy* y se sentó en el sillón, echándose una manta polar por encima.

—*Doggy,* bebamos por nuestra amistad —dijo haciendo un brindis.

El perro bebió y después, de un brinco, se echó en el regazo de su dueño, que le sonrió con los ojos vidriosos.

—Buen perro, sí señor —dijo, acariciándole la cabeza y el lomo. Y juntos allí, aguardaron la noche.

12

Peter reposaba la cena sentado junto al fuego. La leña crepitaba en la chimenea, calentando un poco el ambiente. Se había prohibido a sí mismo hacer candela durante el día por miedo a ser visto por alguien que no fuese amigo, por muy remota que fuese la posibilidad. Toda precaución le parecía poca. Durante un tiempo temió que Patrick lo hiciera; no era fácil aguantar aquel frío invernal durante el día, y le revolvía el estómago tener que ir a hablar con él para prevenirle, pero si fuese preciso para preservar la seguridad de su hija, lo haría.

—Papá, ¿puedo ver *Barrio Sésamo* un ratito?

Sobre la mesa quedaban los restos de una cena a base de judías de lata y judías de lata. Peter observaba las sobras pensando que tendría que salir pronto a buscar comida. Otra preocupación más, ya que no le gustaba salir con la niña tan lejos de la casa, y mucho menos dejarla allí dentro encerrada.

—¿Eh? —preguntó absorto.

Ella se subió a la silla para darse más importancia. La amarillenta luz producida por la batería solar provocaba más sombras que luces.

—¡No me escuchas, papi! —le reprochó ella enfadada—. ¡Quiero ver *Barrio Sésamo*!

Él sonrió y asintió con la mirada aún perdida.

—Pero quince minutos nada más. Ya sabes que la televisión y el dvd gastan mucha batería, y no podemos agotarla del todo.

Ella salió disparada como un resorte hacia los aparatos y comenzó a trastear con ellos. Él recogió la mesa y llevó los platos al fregadero. Luego se sentó en un sillón del salón para poder ver a Ketty. Le encantaba disfrutar de los momentos en los que sentía que la niña era feliz a su manera, con esas pequeñas cosas.

Podría intentar conseguir más paneles y acoplarlos junto a los otros en el tejado para cargar más la batería; o incluso podría traer otra más potente y conectar las dos. «Así no tendríamos el problema de quedarnos a oscuras ante una emergencia», pensó.

Se miró las manos: estaban destrozadas. Aun así, tendría que seguir cavando la zanja durante un tiempo, ya que apenas había avanzado un par de metros en todo el día.

La televisión parpadeó y la canción de apertura de *Barrio Sésamo* sonó mientras la rana Gustavo y compañía brincaban de una punta a otra de la pantalla. Ketty rió señalándole la pantalla.

—Baja el volumen —le indicó a la niña.

Ella chistó con un dedo en la boca para que su padre se callase pero le hizo caso. Siempre le hacía caso. La observó allí sentada, en la moqueta. Con las piernas cruzadas y echada hacia atrás y las danzarinas llamas alumbrando su precioso rostro. De nuevo le invadieron las ganas de llorar. Siempre acababa pensando en el tipo de vida que le esperaría a Ketty. En qué les depararía el futuro a ambos, o a ella, si él faltaba de su lado.

—Papá, ¿de dónde son Peggy, Gustavo y los demás?

—¿Cómo que de dónde son? —preguntó Peter, extrañado.

—Eso, que de dónde son, porque yo no los veo por ahí paseando por la calle, papi.

Él rió con ganas ante la inocencia de la niña, pero qué podía esperar. En realidad, poco podía saber ella de la televisión, de los dibujos animados, de la lotería nacional, del triángulo de las Bermudas o de cualquier otra cosa que tuviera relación con un mundo que había dejado de existir hacía más de un año.

—Son de otro planeta, por eso no los ves —contestó tras meditar un poco.

La niña miró hacia el techo, dubitativa.

—Ah, ya decía yo —dijo.

Y siguió a lo suyo mientras su padre sonreía mirándola a ella y a los muñecos de la televisión; pensando que pronto tendría que cortarle el pelo a la niña y que no se le daba bien.

Veinte minutos después el capítulo terminaba y la niña se desperezaba, daba un brinco y desconectaba los aparatos.

—¿Me llevas a la cama? —preguntó saltando encima de su padre.

—Ya estás muy grande, eh —contestó Peter.

—Sí, pero he decidido que no voy a crecer más.

—¿Y eso? —preguntó él, extrañado.

—¿Para qué? Así estoy bien.

Peter rió de nuevo, la levantó en brazos e hizo una mueca cuando las ampollas de sus manos fueron estrujadas por el peso de Ketty. Aun así, no dijo nada, la apretó contra su pecho y la llevó hasta el baño de arriba. No sabía cuántas veces había dado gracias al cielo por haber comprado aquella casa. Las puertas eran blindadas y tenían doble pestillo. Los materiales eran excelentes, y aunque hacía algo de frío dentro, no era ni mucho menos comparable con el que hacía fuera. Las ventanas de doble vidrio, el techo forrado de poliuretano y los bloques de termoarcilla, con paredes también recubiertas, habían ayudado mucho a aislar aquellas casas del frío y del calor. Aunque llamar calor a los dos meses del año en que las temperaturas más altas ascendían a 25 grados centígrados quizá fuese excesivo, se dijo.

Ketty impidió entrar a su padre con ella al baño. Tenía que hacer pipí en una especie de orinal ovalado que encontraron una vez buscando medicamentos en el hospital general de Bangor. Cuando acabó, abrió un poco la ventana del baño y arrojó el pis, que se esparció por el aire en pequeñas gotas amarillentas de rocío. Luego se lavó las manos en el agua —un poco fría— que había en el lavabo.

—¿Ya? —preguntó su padre tocando con los dedos en la puerta.

Ella salió y su padre entró e hizo lo mismo. Mear, arrojar, lavarse cara y manos y salir.

Ketty ya estaba en la cama arropada hasta la cabeza; lo único que se podía ver de ella eran unos mechones sueltos de pelo de su coronilla. Él se quitó la ropa, la dobló encima de la silla y bajó de encima del armario la escopeta que siempre tenía en aquella habitación. Comprobó, por pura rutina, que estaba cargada y la aparcó en su lado de la cama. Luego cerró la puerta y puso la misma lata vacía de siempre, con unas canicas dentro, pegada a ella. Si alguien pretendía entrar —aunque dudaba que pudieran hacerlo sin echar la puerta de la calle abajo—, al menos no le pillarían del todo descuidado. Solo tendría que alargar la mano, coger la escopeta y... disparar.

—Buenas noches, papi.

—Buenas noches, cariño —contestó.

—Buenas noches, Gustavo y Peggy.

Peter sonrió, mirando en la oscuridad el bulto que conformaba su hija bajo las mantas.

—¿Por qué solo Gustavo y Peggy? —preguntó—. Hay muchos teleñecos más.

—Ya, pero son los que mejor me caen.

—Ah —contestó él—. Bueno, duerme.

—Eso intento, pero no me dejas, papi.

Peter cruzó los brazos tras la nuca y miró al techo. No le gustaba dormirse antes que la niña y sin estar un rato atento a los sonidos —o a la ausencia de ellos— que hubiera en la calle. Pero esa noche, al igual que tantas otras, parecía ser tranquila. Una hora después se giró, abrazó a la niña sintiendo su pequeño pecho subir y bajar y se quedó dormido.

Ris, ras. Ris, ras.

—¿Oyes eso, Peggy? —le preguntó la niña.

La cerdita negó con la cabeza en un principio, pero luego dijo que sí. Iban cargadas de bolsas y cajas llenas de ropa y zapatos.

—¿Qué será? —volvió a preguntar la niña.

Ketty y Peggy caminaban por una de las calles de *Barrio Sésamo*. Iban de tiendas mientras la cerdita le contaba cómo se vivía en su planeta. La rana Gustavo caminaba delante de ellas con tantas cajas que no veía lo que tenía delante. Un par de veces tropezó y cayó ruidosamente al suelo.

—Pues no sé, es un ruido extraño, ¿a que sí? —contestó la cerdita Peggy.

Ketty despertó. Su padre la abrazaba, pero estaba dormido. Observó la habitación con un poco de miedo. De allí no venía el ruido. Deseó volver a quedarse dormida y retomar aquel bonito sueño por donde lo había dejado.

Ris, ras. Ris, ras. Ris, ras.

El ruido provenía de la calle, podía sentirlo. Se deshizo del abrazo de su padre, que se giró farfullando algo ininteligible. Pensó que quizá Peggy y Gustavo habían venido a verla para llevársela de compras y estaban en la puerta esperando que les abriera. Así que se desarropó y lentamente avanzó arrastrandose hacia la parte baja de la cama. Saldría por allí para no molestar a su padre, subiría a la silla y les indicaría a los dos teleñecos por la ventana que no se preocuparan, que bajaría para abrirles.

Ris, ras, ris, ras.

El ruido no era agradable. Parecía como si alguien murmurase a gritos algo, o como si unos dientes gigantes rozasen uno contra otro. Cuando ya estaba de pie y se disponía a acercar la silla al marco de la ventana, se detuvo. No le gustaba aquel ruido, nada en absoluto. Aun así, apoyó la silla en la pared y puso un pie en ella para subirse y asomarse.

Ris, ras, ris, ras.

Se agarró al marco de la ventana para encaramarse un poco y pegar la cara al cristal. Una sensación de malestar y miedo la invadía, pero aquel sonido la atraía. ¿Seguro que eran Peggy y Gustavo? Ya no estaba convencida de querer subirse a aquella silla.

Ris, ras, ris, ras.

Se giró y miró a su padre. Anheló estar arrebujada bajo las mantas, entre los brazos de su padre, sintiendo su calor. Podía hacerlo, quizá, si se lo proponía.

Ris, ras, ris, ras.

Cuando subió y pegó su carita al cristal, una enorme nube de su propia respiración tapó su campo de visión, empañando el vidrio. Pese a eso, pudo ver algo abajo, a su derecha, junto a la alambrada. Una figura pálida, enorme, dueña de unos horrendos ojos naranja que parecían brillar en la oscuridad.

Unos ojos profundos, poseedores de una mirada de infinita malignidad.

Los ojos también la miraron a ella.

Tembló, bajó —casi cayó— de la silla y se metió corriendo en la cama, asustada. Se arropó por encima de la cabeza. Su padre volvió a farfullar algo y la abrazó. Aun así, ella no pudo evitar pasar una hora temblando e imaginando que aquella cosa estaba ahí fuera.

Esperándola.

13

El perro había gruñido durante la noche. Él no se levantó del sofá. Abrió un ojo y vio al can pegado a la puerta, mirando hacia abajo, hacia la franja de luz lunar que entraba por debajo en una fina línea, y con las patas en un ángulo un poco abierto. Dispuesto a atacar.

—*Doggy,* calla —le ordenó después de un rato en que no oyó ni vio desde su posición nada sospechoso en el exterior.

El perro siguió allí, en la misma posición, pero sin gruñir, y él se durmió de nuevo. Por la mañana *Doggy* dormitaba echado junto a la puerta: había pasado toda la noche apostado allí.

Desayunó un trago de ron y le echó al perro sus bolitas de pienso y un poco de agua. Luego agarró la escopeta y salió a la calle. De nuevo todo el paisaje aparecía sepultado bajo una capa de nieve. Siguiendo su ritual, se encaminó hacia el lateral derecho del porche, bajó a la nieve y meó mientras oteaba toda la alambrada en busca de algún desperfecto. *Doggy* salió al rato, cuando él ya estaba con la pala, limpiando el terreno.

—Chucho, un día de éstos te enseñaré a coger la pala —le dijo.

El perro giró la cabeza primero hacia un lado y luego hacia el otro, después meneó la cola y bajó a mear en la nieve.

—Sé que me entiendes, pero te haces el tonto.

No le gustaba pensar en el futuro, pero había ocasiones en las que no tenía más remedio. Días atrás le dio vueltas a la idea de que la comida de los almacenes no sería eterna; es más, no tendrían para otro año completo porque las latas irían caducando. Además, quería comer algo fresco, lo deseaba con todas sus fuerzas. Por lo tanto, la idea de construir un invernadero y sembrar no le era del todo disparatada. Incluso, si lo construía bien, se evitaría tener que quitar tanta nieve del jardín, ya que una buena parte del terreno quedaría protegido por la cubierta y los plásticos.

También pensó en adentrarse en el bosque cuando bajasen un poco las temperaturas. Quizá podría matar a algún wapití despistado o a algún ciervo de cola blanca; incluso podría disparar por error a un indio Penobscot y no tendría que pagarle ninguna indemnización, si es que quedaba alguno con vida, bromeó.

—Y si ves un oso, corre —dijo tanto para el perro como para él. Cuando llevaba media hora limpiando el jardín, comenzaron a caer los primeros copos de nieve. Eran tan pequeños que el aire los mecía de un lado a otro violentamente formando extrañas y caprichosas formas.

Soltó la pala: no merecía la pena seguir con la tarea puesto que pronto arreciaría y todo estaría cubierto de nuevo por la nieve. Lo más necesario, que era abrir un camino hasta la calle, ya estaba hecho. Así que entró en la casa, seguido de *Doggy*.

—Nos vamos de paseo —le anunció, agachándose y acariciándole la cabeza. El perro, agradecido, le lamió los guantes. Vació encima de la mesa de la cocina la mochila, lo que había cogido el día anterior en su incursión al pueblo. Se la echó a la espalda y agarró la escopeta y varios cartuchos, que se metió en el bolsillo del abrigo. Intentaría averiguar si en la ferretería Toolsmarket seguían vendiendo plástico para invernaderos. De la madera ya se preocuparía más adelante: la podía coger de cualquier aserradero del puerto, aunque tendría que usar su camioneta para traer los listones, pese a que no le gustara la idea.

Mientras cerraba con candado su empalizada, oyó un ruido a su espalda: Peter había salido al porche y se desperezaba.

—¡Buenos días, vecino! —saludó, inclinando un poco la cabeza.

Peter volvió a entrar en la casa sin decir palabra.

—¿Tú crees que algún día volverá a hablarme? —le preguntó a *Doggy*—. ¿No? ¿Sabes qué?, parezco un puto Neville hablándote, cualquier día de estos dejaré de hacerlo.

Subió calle arriba sintiendo en su cara que el día registraba temperaturas inferiores a los —10º. El cielo, oscurecido y cambiante, le hacía prever que quizá tuvieran una tormenta de nieve pronto. Las rachas de aire producían un sonoro ulular al pasar entre árboles y casas. A veces, las cabriolas de los copos le impulsaban a mirar a los lados, pues creía intuir la presencia de alguien en los bordes de su anorak.

Vio un libro en el suelo, deshojado y empapado. Las letras estaban semiborradas por la humedad. Con la bota lo cerró para ver el título. *Zombie Planet*. Le dio una patada y siguió caminando.

Doggy corría unos pasos por delante de él, hundiendo un poco sus patas en la nieve más blanda y dejando un reguero de pisadas que pronto serían cubiertas por la nieve que caía. Cuando salieron, el perro intentó entrar en la propiedad de Ralph Weiss, el vecino de Peter, levantó las patas y rascó el muro buscando impulso. Él lo tuvo que llamar dos veces para que hiciera caso, y pensó que habría olido el rastro de una rata almizclera.

Durante el trayecto puso el piloto automático a su cuerpo y construyó mentalmente el invernadero. Tenía claro que lo construiría con estructura de hormigón, hierro y madera. ¡Qué diablos! En vez de plásticos pondría cristales: necesitaba hacer la estructura lo más longeva posible.

Aun así, tenía que ir a la ferretería.

Giró hacia la calle Union. Y callejeando llegó a la calle Finbon, al final de la cual se encontraba el Toolsmarket.

Al llegar a la tienda el perro comenzó a gruñir y se detuvo.

14

Dejó a Ketty durmiendo, fue al baño y se afeitó en el lavabo. La niña había pasado una noche inquieta. Él sintió varias veces que lo abrazaba y que temblaba y gemía. Entonces, la estrechaba contra su pecho y le decía que estuviera tranquila, que papi estaba allí con ella.

Tenía hambre, así que antes de volver a la zanja desayunó un café solo, con galletas. Dejó para la niña más de las que él comió, a pesar de lo cual ya se habían acabado.

La alacena donde guardaban la comida estaba casi vacía. Quedaban algunas latas en los estantes de madera, pero era ya necesario hacer una incursión a uno de los supermercados. Se dijo que del día siguiente no pasaría. Odiaba y temía a partes iguales tener que ir a la ciudad, que la niña abandonara la seguridad de la casa, pero no podía hacer otra cosa. No se fiaba de dejarla sola, tan pequeña. Aunque tampoco le gustaba llevarla. Si al menos tuviera unos años más…

Recordó que al principio, cuando ellos dos volvieron, le aterraba salir a la calle. No podía olvidar lo que les había ocurrido en los autobuses, de camino a la base militar de Portland. Solo pudo vencer ese miedo —y no del todo— cuando la niña le dijo una mañana que tenía hambre y comprobó que no había comida en casa. Algo se rompió dentro de él. ¿Cómo iba a permitir que su hija se muriera de hambre? Ese mismo día saqueó las casas de sus vecinos más próximos, mirando y apuntando el arma con nerviosismo hacia todos lados.

Salió al porche y Patrick lo saludó desde la calle. Al parecer, iba de compras, de nuevo. Le dio la espalda, entró y bebió agua, dándole tiempo así para que desapareciera de su vista. Luego volvió a la calle, que permanecía desierta.

Observó con desagrado que comenzaba a nevar, aunque los copos aún eran pequeños. Escrutó el horizonte y descubrió que, desde el este, y empujadas por el viento, se acercaban unas nubes tan oscuras que parecían negras. Pensó que Patrick estaba loco. En un par de horas llegaría la tormenta, y si, para entonces, no estaba en su casa, tendría que dormir fuera... en una casa sin protección.

Abandonó su cercado y cerró la puerta con candado. Si Ketty despertaba y salía al porche, lo vería en la propiedad de Larry. No quería despertarla todavía.

Con la pala en la mano, metido en la zanja y con los primeros sudores, no pudo evitar recordar.

Los autobuses.

Mucha gente ya había abandonado a lo largo de la semana el pueblo en aviones militares para el transporte de civiles; o por sus propios medios. Se decía que iban a perpetrarse nuevos ataques.

Aquella noche ellos fueron de los últimos en montar en el décimo autobús militar de una fila de trece. Helen, Ketty y su madre, Lisey. También subieron detrás de ellos Larry Holleman, Mike Renfield, uno de los ayudantes del sheriff y David Stratham, el veterinario, que discutía con los militares en la puerta porque no le dejaban llevar a su perro con ellos en el autobús. Otras ochenta personas más se encontraban hacinadas allí, todas caras conocidas, menos algunos militares sentados con sus armas en sitios estratégicos para controlar posibles alborotos. Apenas quedaba sitio y la gente gritaba dentro; algunos incluso se peleaban por la preferencia de los asientos, y olía mal. La gente, con la guerra, había olvidado lo que era asearse. Peter iba a recriminar a algunos que estaban fumando allí dentro, pero se le adelantó Mike Renfield a voces. Era deprimente constatar hasta qué punto la gente parecía haber olvidado las normas. Al margen de que se tratase de un transporte público, en Bangor estaba prohibido —no sin polémica— fumar en un coche si se iba con un niño menor de 18 años bajo pena de multa de trescientos dólares. ¿Pero qué importaban ahora las normas municipales? Lo único que entendían algunos era el yugo marcial al que les sometían los militares con sus armas.

«Es por vuestro bien», decían los militares mientras endiñaban con la culata de sus fusiles a los más lentos.

El matrimonio Staublosky se sentó casi al final, y detrás de ellos lo hicieron Larry y la madre de Peter. Todos miraban a su alrededor, el miedo y el desconcierto se reflejaban en sus ojos. No se sentían seguros en Bangor; las bombas habían matado a gente en el aeropuerto y ninguno quería ser el próximo en morir. Pero ¿estarían más seguros en Portland? En las conversaciones, con cierto temor, se auguraba que sí. Pese a eso, muchos rostros dejaban traslucir la desazón y la desesperanza de tener que abandonar el hogar, de quizá no volver a su casa nunca más. La casa donde se criaron, donde sus hijos corretearon y donde esperaban que la vejez se los llevara con un cándido abrazo.

Helen lo miraba con una mezcla de tristeza y miedo. Lo miraba como si él pudiese hacer algo para detener aquella estúpida guerra. Y durante breves momentos la odió, la odió porque ella —la genuina Helen, marca registrada Helen— le estaba suplicando que fuese el fuerte en esas circunstancias, que no se desmoronara y que los guiara de la mano a todos; a través de aquel camino oscuro. Ella, la oveja descarriada, la hija pródiga, se permitía el lujo de mirarle así, como si nunca hubiese hecho nada malo. La odió hasta que tuvo que abrazarlas a ella y a la pequeña para dejar de odiarla. La odió hasta que tuvo que besarla. Hasta que la bestia durmió, relativamente apaciguada.

Partieron varias horas después, ya de madrugada. Los militares habían dicho que de noche era más seguro el transporte en convoy. Muchos vecinos lloraron y se abrazaron a sus seres queridos al abandonar la ciudad. Otros simplemente cerraron los ojos y se dejaron llevar. Él echó un brazo por encima a su mujer, que apoyó la cabeza en su hombro, mientras la niña, que parecía dormida, descansaba en su regazo. «Volveremos», le dijo a Helen, y ella asintió. En un momento dado notó que su madre pasaba su mano por entre los dos asientos, tocándole el hombro, y él se la cogió y apretó. En el cementerio de Maple Grove dejaban a su padre y a sus abuelos. «Volveremos», le dijo a su madre, y ella lloró. Larry Holleman la abrazó y Peter le sonrió débilmente. El anciano le devolvió la sonrisa. «Gracias, Larry. Gracias.»

Peter iba junto a la ventana. Al principio el gentío hablaba en alto, o gritaba hasta que los militares le hacían callar. Un militar de poco más de veinte años había golpeado con la culata de su fusil a Nicholas Walter Brown en plena cara. El hombre quería que lo llevasen de vuelta a su casa e intentó levantarse de su asiento y salir. La señora Underwood le alargó un pañuelo y Nicholas, entre sollozos, intentó detener la hemorragia de su nariz.

Con el paso de las horas, solo se oía el monótono ronroneo del motor y algún breve murmullo o gimoteo aislado. Las carreteras, antaño iluminadas, devoraban las luces del autobús, abrazándoles en su negrura. De vez en cuando, él giraba la cabeza para mirar hacia atrás y vislumbrar a lo lejos las luces del autobús que les seguía. Los conductores permanecían separados unos cientos de metros; así, si sufrían un ataque, éste no les afectaría a todos.

Peter no quería dormir, aunque habían apagado casi todas las luces interiores y el arrullo del autobús lo amodorraba. A su alrededor todos permanecían ya con los ojos cerrados. El cansancio, los nervios y la tristeza habían podido con ellos.

En un momento dado cerró los ojos también él. Al poco, entró en una fase ligera del sueño. Podía oír los ruidos de fondo del transporte, pero ya no estaba allí. Viajaba con Helen por una carretera secundaria de Texas, rodeados de un árido paisaje; ahora escuchaba el ruido amortiguado del motor del Buick 8 y Roger Miller cantaba su *Rey de la carretera* en la radio mientras Helen asomaba la cabeza por la ventana y dejaba que el pelo se le alborotase.

Ella reía. *King of the world,* gritaba.

El autobús dio un frenazo. Muchos de sus ocupantes chocaron contra los asientos de delante. La gente gritó, asustada. Peter se levantó sin abandonar su asiento, intentando averiguar qué pasaba. Muchos hicieron lo mismo. Estaban en mitad de una curva. Frente a ellos pudo ver un autobús militar parado, y delante de ese, otro.

—¿Qué sucede? —preguntó Helen alarmada.

La niña se había despertado y lloraba. Comenzaron a oírse más llantos infantiles a lo largo de todo el autobús.

La puerta delantera se abrió y dos militares bajaron junto al ayudante del sheriff. Otros dos intentaban mantener el orden e impedir que alguien bajase del autobús.

—Nada bueno —contestó Peter resoplando.

15

Eso era lo bueno de tener un perro como aquel, aparte de la compañía.

Doggy había olido algo, gruñía y tenía erizado el pelo del lomo. Patrick sabía qué significaba aquello. Allí había algo.

—¿Qué es, *Doggy*? ¿Es el oso Yogui? —le interrogó como si el perro pudiera responderle.

Fuese lo que fuese, el perro no avanzó. Los dos permanecían plantados en mitad de la calle. La nevada estaba arreciando, interponiendo su blanco telón entre ellos y la ferretería. El perro se giró hacia la derecha y comenzó a emitir ladridos cortos e intermitentes cuyo sonido era devorado por el rugir más profundo del viento.

Patrick agarró la escopeta con las dos manos, a media altura. Su peso lo reconfortó un poco. Aguzó el oído e intentó vislumbrar a través de la nevada algún movimiento en el Toolsmarket, pero desde aquella posición solo veía parte del escaparate y la puerta.

Abierta.

Él sabía que aquella puerta siempre había estado cerrada.

De hecho traía un juego de ganzúas para poder abrirla.

A su derecha tampoco vio nada. Solo las paredes, desnudas.

Aun así, el can, enloquecido, no dejaba de ladrar hacia allí.

—No veo nada, chucho —susurró agachándose un poco para mostrar menor flanco.

El perro dio un paso atrás sin dejar de mirar hacia la ferretería. Estaba asustado.

—Es otro oso —dijo más para sí mismo que para el perro.

Doggy dio otro paso atrás; sus gemidos se convertían después en gruñidos. Patrick nunca le había visto actuar de aquella manera.

El viento arrastró sonidos: parecían murmullos quedos, frutos de una lengua extraña. Provenían de todas partes a la vez y de ninguna en concreto. Giró la cabeza, primero a la derecha y luego a la izquierda. Dio una vuelta en redondo. No veía nada, pero, sin embargo, ahí flotaban los susurros y la certeza de que estaba siendo observado por muchos ojos. La calle Finbon era estrecha; los muros de los edificios de ladrillo visto se alzaban hacia un cielo violentado por nubes negras. Las ramas de los árboles prestaban pleitesía al todopoderoso vendaval y a su séquito de nieve.

Sentía algo, y lo sentía cerca.

Fuese lo que fuese, Patrick estaba seguro de que permanecía al acecho, esperando la oportunidad de atacar. Ya se había convencido de que aquello no era un oso, nunca lo había sido.

De repente el viento cambió y un fétido olor le hizo girarse. Algo se movió en la pared del edificio de su derecha. Cuando miró, ya no había nada, pero sabía que «algo» había estado allí. Era una certeza, no un presentimiento. Sintió también la presencia de algo arriba, a su izquierda, en la azotea de la casa de los Hubbard, junto a su antena. Cuando dirigió la vista hacia allí, sólo pudo ver un remolino de copos y la antena vibrando, quizá por el viento, pero tenía la extraña sensación de que había algo más.

Y aquel olor a muerto en el ambiente no se dispersaba.

—Amigo —le susurró al perro, que permanecía a su derecha, clavado en posición de ataque—, creo que nos están tendiendo una emboscada.

Algo a su espalda les hizo girarse de golpe. Estaba seguro de haber oído claramente un murmullo no muy lejos de ellos. Cuando miró, solo vio nieve, nieve por todos lados. El omnipresente infierno blanco de Maine.

El suelo.

Sí, algo se movía en el suelo, a unos diez metros de él. Casi podía divisar un contorno. Algo reptaba hacia ellos a toda prisa haciendo eses. Se detuvo el movimiento y Patrick lo perdió de vista.

La pared.

El perro ladró hacia allí y eso fue el detonante para que todo estallara. Un gruñido a su derecha le hizo escudriñar la pared con mayor atención. Allí estaba, siempre había estado allí, observándole, camuflado. Era un tipo esquelético, enorme y albino. Permanecía pegado a la pared, como una araña, boca abajo, mirándole con unos ojos negros que al parpadear se tornaban naranjas durante unos segundos; estudiándole como el tigre estudia en la sabana a la gacela más débil para lanzarse sobre ella.

Otro gruñido gutural le hizo mirar a su izquierda; los oídos le zumbaban por la tensión, y la adrenalina comenzaba a dispararsele. Allí había otro ser albino, en cuclillas, encima de la cornisa de los Hubbard, en la antena. Era enorme y calvo; estaba desnudo, con su miembro colgando flácido, y le miraba relamiéndose con su puntiaguda lengua unos labios que, de finos, parecían inexistentes.

No se sorprendió al escuchar otro gruñido proveniente de su espalda. Pero no fue lo suficientemente rápido. Cuando se giró, apenas tuvo tiempo de ver cómo otra de aquellas cosas corría hacia él con endiablada velocidad. Le golpeó con los dos pies en el pecho y le hizo volar dos metros hacia atrás a causa del impacto. Hizo garra con la escopeta para no perderla y, por suerte, le salió bien.

Patrick se incorporó un poco, con los codos. El golpe había sido bueno, y el pecho le palpitaba del dolor. Le faltaba la respiración y sólo podía emitir resuellos asmáticos. Quería disparar, pero *Doggy* ladraba hacia todos lados, correteando en círculos, defendiéndole. Las criaturas parecían haber desaparecido, pero Patrick las sentía. Por todos lados. ¿Cuántas habría? ¿Tres? ¿Diez? ¿Cien? ¿Cómo saberlo?

Se levantó y se desprendió de la mochila lo más rápido que pudo, con el arma en alto, apuntando. Se maldijo por no haber llevado una pistola. Para apuntar rápido era mejor arma que una escopeta.

—*Doggy* —llamó, dándose unos golpecitos en la pernera del pantalón.

Cuando el perro se acercó corriendo hasta él, miró de nuevo hacia la ferretería. Allí había otro. Estaba seguro, pero al menos, si pasaba corriendo separado de la puerta, lo vería salir y le podría disparar. A los otros tres los tenía perdidos, aunque no del todo, pues de vez en cuando percibía por el rabillo del ojo algún movimiento o un remolino de nieve que estaba donde no tenía que estar.

No había tiempo que perder.

Corrió. *Doggy,* al verlo, le adelantó, pero no se alejó más de un metro de él. Notó que les seguían. Pero él tenía la vista fija en la puerta del Toosmarket. Si ese ser salía de allí y él erraba el primer disparo, todo estaría perdido. Se le echaría encima, y con otro impacto como el anterior se podría golpear la cabeza contra una pared o un bloque de nieve dura, y si eso sucedía, perdería por completo la posibilidad de defenderse más.

Porque estaría muerto.

Se encontraban a unos diez metros de la tienda cuando algo le rozó el brazo, haciéndole perder un poco el equilibrio. Giró un poco la cabeza pero no vio nada. Le estaban dando caza, quizá incluso jugando con él. Eso le cabreaba y aterraba a la vez.

En la ferretería no les atacó nada, pero cuando pasó por delante pudo ver cómo aquel albino que parecía estar destrozando la tienda lo miraba y se relamía. Patrick calculó que debía de medir al menos dos metros y se fijó en que poseía un cuerpo delgado aunque fibroso, como un jugador de baloncesto de la NBA.

Doggy corría delante de Patrick, aunque aquella carrera estaba perdida de antemano, y él lo sabía. No podía volver a su casa: estaba demasiado lejos y sus tiempos de atleta habían acabado hacía años. Debía esconderse en algún sitio o, al menos, entrar en algún edificio que le permitiera ver mejor a aquellas criaturas pálidas para poder dispararlas. El color blanco de su piel era un perfecto camuflaje en aquella nevada, pero su anorak naranja de patrulla de salvamento resultaba demasiado llamativo para pasar desapercibido.

Recordó rápidamente haber visto fotos de seres parecidos a aquéllos a través de Internet, antes de que a causa de la guerra fuesen bombardeados los trece servidores más importantes del mundo —incluidos los de Maryland, Virginia, California y Texas— y dejaran a los países sin conexión a la red. Los telediarios, la radio, habían dado a entender que en aquella guerra no se estaba jugando limpio. Que el enemigo había experimentado con los cadáveres de los mejores soldados estadounidenses hasta hacerlos volver a la vida. Inteligentes en cierto grado, capaces de operar en equipo y con unas condiciones físicas inmejorables para, en teoría, ser algo así como zombis.

Los perfectos soldados universales, sin sentimientos... con hambre.

Algunos científicos rusos decían que a muchos de aquellos seres creados en laboratorios se les había alimentado con carne humana en los fríos bosques de Rusia para después soltarlos en puntos estratégicos del territorio enemigo. Especulaban sobre prisioneros estadounidenses o ingleses que eran perseguidos hasta acabar masacrados por criaturas como aquélla. Sus propios compatriotas.

Pero a Patrick todo aquello le parecía una patraña. Mentiras del enemigo para minar la moral.

Ahora sabía que no.

¿Cómo diablos ha podido llegar el ser humano hasta este punto? ¿Es que la ética que parecíamos poseer en el siglo XXI era un espejismo?, ¿que no se había avanzado nada desde la época en que caminábamos vestidos con pieles y armados con palos y arrastrábamos a nuestras mujeres por el suelo tirándoles del pelo?, se preguntaba mientras corría.

Algo le golpeó la espalda y cayó hacia adelante, de bruces. Se giró rápidamente para intentar defenderse. *Doggy* se lanzó hacia un bulto blanco, a unos metros de él, pero cuando llegó, ya no había nada que atacar. Patrick levantó el arma. Estaba asustado. Jugaban con él, le empujaban, lo tanteaban como un tiburón tantea a una presa extraña antes de atacarla y devorarla.

Se levantó de un impulso y entró jadeando en la calle Stillwater. Delante de él, en el número 268, vio el Acadia. El sanatorio mental de Bangor.

—Presentía que algún día acabaría ahí, muchacho —comentó en alto mientras echaba a correr hacia el centro psiquiátrico. Sabía que ironizar en aquel momento era importante para mantener su cordura. Siempre había sido así, la ironía era un buen escudo.

Además, perder los nervios en aquel instante le habría llevado a cometer un error. Y un error podría significar su muerte... o algo peor.

Él tenía las llaves del Acadia. Había desmontado la cerradura hacía meses y encontrado una copia de estas en un cajetín detrás del mostrador principal; luego, había vuelto a montar la cerradura. Acudió allí para coger medicinas. En el Acadia podías encontrar las mejores píldoras para el insomnio y los mejores tranquilizantes, además de a los locos más locos de Estados Unidos.

Cuando llegó, jugueteó con todo el manojo de llaves que portaba hasta que dio con la que era. El perro permanecía a su lado, gruñendo hacia la calle con el culo pegado al cristal de la puerta. No había rastro de aquellos seres. Encontró la llave, abrió y entraron, cerrando la puerta tras ellos. Se apoyó contra una de las paredes del centro, sin perder de vista la entrada principal para recuperar el resuello.

La nevada volvió a arreciar, la tormenta había llegado.

En ese momento pensó en Peter y en la niña. ¿Les estarían atacando a ellos también?

En la planta superior se oyó el ruido de cristales rotos. *Doggy* ladró mirando hacia el pasillo interior. Al fondo estaban los ascensores y las escaleras.

Habían entrado por las ventanas. Y susurraban.

16

—¡Que nadie se mueva de sus asientos! —gritó el militar pelirrojo y pecoso que estaba en mitad del pasillo del autobús.

Se había echado el fusil a la espalda y tenía la pistola desenfundada, pero pegada a él, apuntando al suelo.

Todos murmuraban demasiado alto y, aquí y allá, algunos permanecían de pie en sus asientos, mirando hacia delante. Nicholas volvió a gritar que le dejasen regresar, pero una mirada del militar bastó para hacerle callar. La señora Underwood lo abrazó e intentó tranquilizarlo. El viejo Nicholas lloró echado en su pecho, como si fuese otro crío.

Habían transcurrido un par de minutos y ni los militares ni Mike Renfield habían vuelto para aportar novedades. Peter oyó cómo el autobús que les seguía daba un frenazo a tiempo, gracias a Dios. Estaban en mitad de una curva sin apenas visibilidad, de modo que un choque habría sido bastante plausible.

La gente comenzó a alborotarse. Varios gritaron que tenían derecho a saber qué pasaba y que querían bajar para estirar las piernas o ayudar. Otros lloraban con la cabeza apoyada en los asientos delanteros y no se movían de su sitio. David Stratham, que estaba sentado en uno de los asientos de su derecha, dijo:

—No hay nadie allí.

Peter lo miró con el ceño fruncido.

—¿A qué te refieres, David?

El veterinario levantó la mano y señaló hacia los autobuses de delante. Peter apenas veía entre el gentío que se levantaba y alborotaba.

—No veo nada —dijo Peter al cabo de un rato.

Los de delante también se habían percatado de que los autobuses delanteros estaban vacíos y el rumor fue extendiéndose hacia atrás provocando más revuelo.

—Dicen que delante de nosotros se ven tres autobuses y que no hay nadie dentro de ellos —les dijo la señora Hubbard con los ojos muy abiertos y asintiendo con nerviosismo.

Uno de los dos militares, el cabo que permanecía vigilando la puerta delantera del autobús, se acercó al pelirrojo, que estaba en el centro. Probablemente para decirle que era raro que no hubieran vuelto sus compañeros y el ayudante del sheriff. Abandonar su puesto fue un error. Las personas que estaban en la parte delantera vieron la puerta despejada de obstáculos y salieron apresuradamente a campo abierto.

—¡Eh, eh! —gritó el cabo cuando los vio—. ¡No salgan, no salgan!

A empujones y culetazos se dirigió hacia la puerta, pero ya era demasiado tarde y de nada servían sus amenazas. Todo el mundo estaba saliendo atropelladamente, y la noche fría les recibía como a hijos pródigos.

Peter y su familia fueron de los últimos en salir, acompañados por Larry y David.

Algunos habían ido voluntariamente con uno de los militares a inspeccionar los autobuses de delante y a averiguar qué había pasado con el ayudante del sheriff y los otros dos militares. El otro militar había mandado a dos de ellos hacia los autobuses de atrás para que les contaran las novedades y pidieran a la gente que no se alejaran de los autobuses.

—¿Dónde habrán ido? —preguntó Larry mirando hacia delante, buscando algún tipo de movimiento.

Helen abrazaba a Lisey y él cargaba con la niña, que gimoteaba en su cuello y no dejaba de moverse.

—No creo que haya ninguna base por aquí cerca —comentó Peter mirando hacia la negrura y la nieve del bosque de pinos que se extendía ante ellos—. Y lo extraño es que los autobuses están intactos. No parecen haber sufrido ningún ataque.

—Tengo miedo, Peter —le dijo Helen.

—Lo sé, tranquila.

Pero Peter sabía que algo no iba bien. Intentaba averiguar qué.

Larry les indicó que mirasen hacia atrás. Todo el mundo estaba fuera de los autobuses, formando grupos de personas esparcidos en cientos de metros. Algunos aprovechaban para fumar; otros, para lanzar amenazas, y los menos, para permanecer callados y abrazados.

Peter vio a varios niños corretear y a un par de madres precipitándose tras ellos y regañándoles.

—Esto no me gusta nada —concluyó Larry—. Creo que es mejor que volvamos dentro.

Vieron a Mary Ronald, la enfermera, adentrándose un poco en el bosque. Al pasar delante de ellos los saludó levemente con la cabeza.

—Voy a mear —les dijo.

Era amiga de Helen, y ésta sonrió como pudo y asintió.

Un minuto después se oyeron los gritos de Mary y la vieron elevarse hacia el cielo oscuro. Todo fue rápido. La vieron caer bosque adentro desde una altura bastante considerable.

De repente, una a una comenzaron a desaparecer personas, devoradas por el firmamento. Alguien gritó a su lado, y Peter tuvo tiempo de ver unas garras que agarraban a la señora Underwood. Nicholas la agarró de un tobillo y tiró de ella, pero los dos salieron despedidos hacia arriba. Comenzó a llover sangre.

—¡Adentro, todos a los autobuses! —gritó alguien a su izquierda.

Se oyeron disparos y más gritos.

Peter empujó para abrirse paso, pero en la puerta la gente caía apelotonada por la fuerza de los de atrás y apenas podían entrar. Se formó una fila enorme, y ellos eran de los últimos. La gente pisoteaba a los que habían caído sin molestarse en ayudarles a levantarse. Había cundido el pánico. La multitud se había convertido en un animal enloquecido que mordía.

La niña volvió a llorar; Helen y Lisey les empujaron y Peter intentó que la pequeña no se hiciera daño contra la muralla de gente que pugnaba por un sitio dentro del autobús. Larry miró por encima de sus cabezas, escrutando la oscuridad y agachándose de vez en cuando.

—¡Cuidado! —gritó. Demasiado tarde.

Helen fue la siguiente. Peter la tenía agarrada de la mano, pero el tirón fue tan fuerte que tuvo que soltarla, dejándole un estúpido dolor en los dedos.

Peter gritó su nombre. La vio alzarse al cielo. Vestía unos pantalones blancos y un abrigo amarillo, así que era fácil de distinguir.

No lo pensó dos veces y le pasó la niña a Lisey.

—¡Mamá, se han llevado a Helen! —le gritó—. ¡Tengo que ir a por ella!

Su madre apretó a la niña contra su pecho y pegó su espalda contra el autobús; allí no podrían cogerlas y tampoco corrían riesgos de ser aplastadas o pisoteadas. Cerró los ojos; estaba llorando, quizá presagiando que si su hijo se adentraba en el bosque no volvería a verlo. Larry se puso delante y estiró los brazos para protegerlas, y ella no vio a su hijo alejarse.

Peter corrió hacia el bosque. Aquí y allá se escuchaban los gritos de la gente. Estaba clara ya la razón por la que habían desaparecido los pasajeros de los autobuses delanteros. El bosque estaba minado de cadáveres. Pisó miembros amputados, cabezas cercenadas, entrañas frías.

Hombres, mujeres, niños…

Se dirigió a la parte del boscaje hacia la que había visto dirigirse a la cosa que se había llevado a su mujer. Hacía menos de un segundo que la había escuchado gritar.

—¡Helen! —gritó adentrándose más en los pinos—. ¡Helen, aguanta!

La gente chillaba dentro de aquella oscuridad, pero estos gritos ya no eran provocados por el miedo.

Eran gritos de dolor. De agonía.

—¡Helen! —gritó, haciendo bocina con sus manos; corría por entre la arboleda casi sin orientación—. ¡Helen, por Dios! Le llegó una especie de gemido lastimero, a pocos metros por delante, entre un batiburrillo de árboles y matorrales bajos. Corrió hacia allí, empujando la maleza a los lados, sin resuello y sin importarle dónde pisaba.

Helen yacía en la nieve en una posición antinatural. Las piernas, por debajo de las rodillas, estaban giradas en una posición extraña, imposible. La habían dejado caer y se había roto la mayoría de los huesos con el impacto. Tenía la ropa destrozada por el ramaje. Permanecía con el cuello girado, hacia él, y sangraba por todos lados. Varias criaturas humanoides, negras, peludas y delgadas, se repartían su cuerpo. Una le arrancó la yugular con sus zarpas y Helen dejó de estar ahí.

Así, sin más. La chispa de la vida desapareció casi instantáneamente de sus ojos.

Helen murió mirándolo. Probablemente pensando hasta el último momento que él podría salvarla. Que él nunca le había fallado, aun cuando ella sí lo había hecho.

Peter se quedó allí, parado durante unos segundos que le parecieron horas. Viendo cómo devoraban a su mujer y sin poder mover ni un solo músculo. Uno de aquellos seres comenzó a sacar sus intestinos y varios iniciaron una disputa por comérselos o enroscárselos alrededor de sus negros cuellos. El que se encontraba a la altura de la cabeza de Helen hincó las garras en los ojos de su mujer y comenzó a emitir una serie de grititos; parecía eufórico. Para ellos era un juego. Aquello le pareció tan terrible que se había olvidado de respirar. Cuando una de aquellas criaturas se giró y lo vio, comenzó a correr.

—Helen... Helen —repetía, y de repente un pensamiento se abrió paso con más fuerza—. La niña —dijo mientras avanzaba en zigzag hacia los autobuses.

Comenzó a llorar, pero al advertir que aquello le impedía ver, detuvo el llanto con un esfuerzo inconmensurable. Cuando llegó a la carretera, la gente aún corría en todas direcciones, gritando o aullando. Había llegado al autobús que estaba delante de ellos, vacío. Corrió hacia atrás llamando a su madre, a Larry y a la niña. Cuando llegó, comenzó a apartar a la gente, que aún intentaba entrar en el autobús. Algunos cuerpos inertes eran pisoteados por aquella jauría.

Larry estaba junto a la puerta, medio aplastado, sangrando y abrazando a la niña con toda su fuerza. Peter suspiró y se inclinó sobre ellos, abrazándoles. La gente seguía desapareciendo y en su lugar sólo quedaba la estela de sus gritos.

—Larry, ¿y mi madre? —preguntó Peter mirando hacia los lados con nerviosismo y agarrando al viejo por las hombreras de su chaqueta de pana.

Larry negó con la cabeza y comenzó a llorar. No quería mirarle a la cara, y eso le preocupó más todavía.

—¿Dónde? —gritó zarandeándole—, ¿dónde se la han llevado?

Larry señaló un poco hacia su derecha. Peter no necesitaba ir a ningún lado. A pocos metros por delante de ellos, en la primera hilera de pinos, pudo ver un cadáver. Una masa sanguinolenta con el vestido de su madre y su abrigo marrón. Estaba abierta en canal y uno de aquellos demonios le arrancaba las tripas y se bañaba en ellas. Usaba sus intestinos como estrafalarios collares, como ya había visto.

Se hizo a un lado y vomitó. La sien le palpitaba. No podía pensar bien. Unos extraños puntos blancos se dibujaban en su campo de visión. La gente se peleaba a las puertas del autobús; pocos habían entrado y pocos entrarían si no guardaban algún orden. Pero aquello era imposible.

Alguien arrancó el autobús, que tembló como sacudiéndose presa de un repentino escalofrío.

—¡Tenemos que irnos o nos atropellarán! —le gritó a Larry mientras le arrancaba a la niña de los brazos.

El anciano negó con la cabeza, llorando.

—¡Huye tú! —le dijo empujándole.

—¡Vamos, Larry, no te voy a dejar aquí! —le vociferó Peter tirándole de la manga en vano.

Él negó de nuevo con la cabeza e intentó zafarse del joven.

—¡Hazlo por la niña, joder! —exclamó su vecino con sus ojos azules bien abiertos—. ¡Yo seré un estorbo, los atraería hacia mí, soy muy lento!

Peter seguía tirando de su abrigo, pero el anciano era un peso muerto. El autobús comenzó a moverse. Peter tiró de Larry con fuerza con la única mano que le quedaba libre y juntos se apartaron al arcén. Era imposible que aquel armatoste del ejército pudiera dar la vuelta allí, en mitad de la carretera, y la cuneta estaba demasiado inclinada. Volcaría o simplemente quedaría atascado con las ruedas en alto.

Varias personas cayeron al suelo. El autobús dio marcha atrás, atropellando a una joven que se había escondido debajo del transporte y reventándola después al pasarle las ruedas por encima. Las tripas le salieron por la boca, y la sangre fluía por su nariz y sus oídos.

—¡Ve hacia los árboles, a la profundidad del bosque! —le gritó Larry, volviéndole a empujar de un hombro—. ¡Esas criaturas no podrán cogeros allí, las ramas les impedirán veros si corréis a toda prisa!

Peter no podía permitirse el lujo de quedarse más tiempo expuesto allí. Todos habían enloquecido, y el anciano tenía razón. El bosque era su única posibilidad de salvación. Algunos ya corrían hacia allí despavoridos. Los disparos habían cesado.

Él miró por última vez a Larry, que asintió y comenzó a llorar con más fuerza. Bajó la cabeza y se rindió.

—Gracias —dijo Peter—. Por todo. Luego se giró y se adentró en el bosque.

Dio gracias también al cielo cuando todo aquel infierno quedó tras ellos, pero, aun así, no dejó de correr hasta que le dolió el pecho. A lo lejos, amortiguados, le seguían llegando los gritos de hombres, mujeres y niños. Ya no se oyeron más disparos.

Y él corrió más.

Jamás olvidaría aquellos gritos.

Casi con el sol saliendo, con los pies destrozados, sin fuerzas y abrazando a la niña, llegó a una pequeña aldea de casas de piedra. Peter tenía la cara arañada y la ropa desgarrada. Pidió ayuda a voces. Tocó en todas las puertas que vio.

Allí no había nadie: la aldea había sido evacuada o la gente había huido.

O muerto.

No obstante, había vehículos en las calles. Uno por uno, comenzó a mirar en su interior hasta que encontró un Lada con las llaves puestas. Nunca había robado, pero la vida de su hija era más importante para él que cualquier otra cosa.

Intentó arrancar, pero el coche no tenía batería.

Con desesperación buscó otro. Al final de la aldea, en una casa un poco aislada, encontró una cochera semiabierta. Levantó la puerta metálica y entró. Dentro le esperaba un Ford blanco con las llaves puestas. Llamó a voces al dueño, pero nadie le respondió. Tocó en la puerta: nadie.

Lo arrancó al primer intento y puso rumbo a Bangor. No sabía adónde ir, y adentrarse más en el estado le parecía más peligroso que volver a su ciudad. Se pasó casi todo el trayecto llorando y mirando hacia el cielo con desconfianza. En un momento dado una *happy bag* se pegó al parabrisas del coche y la apartó con el limpiaparabrisas.

El corazón le latía desbocado, tenía el pecho encogido y echaba rápidas miradas a la pequeña, que estaba acurrucada en el asiento delantero y parecía dormir.

Cuando llegó a Bangor, aparcó el coche cerca de su puerta. Le temblaba todo el cuerpo, y ni él ni la niña podían dejar de llorar. Patrick salió a la calle al oír el ruido del motor; portaba una escopeta. Se les quedó mirando con cara de preocupación y Peter negó con la cabeza.

No hicieron falta más palabras, y ni siquiera supo por qué le hizo aquel gesto. Patrick agachó la cabeza y, cabizbajo, se metió en su casa, seguido por su perro.

Poco más de un año después Peter seguía cavando en su zanja y ninguno de sus vecinos había vuelto. Tampoco habían visto a más criaturas como las de aquella noche.

La nieve había arreciado y todo estaba inundado de barro. La tormenta había llegado. Ya casi llevaba hecha la mitad de la zanja. Las lágrimas manaban fluidamente y le daba igual no ver. Sólo se detuvo cuando la niña apareció en el porche en pijama. Las muñecas cayeron al suelo. Su hija abrió la boca y él supo que algo no iba bien.

—Papá… —dijo Ketty levantando su dedo índice y señalando hacia la calle.

Lo que vio le dejó helado.

17

¿Habría matado una de esas cosas a Helen? Tampoco es que importara mucho. El resultado era el mismo. ¿Pero por qué ahora? ¿Por qué aparecían después de tanto tiempo aquellas criaturas?

No tenía respuesta y no esperaba encontrarla ni en aquel psiquiátrico ni en ninguna parte. La humanidad había cavado su propia tumba creando —o resucitando— a seres como aquéllos, que sin duda estarían esparcidos por el mundo, ajenos a cualquier pacto entre países, a cualquier paz.

Pero para qué engañarse. Ningún país, comenzada la guerra, contemplaba la posibilidad de dar marcha atrás. Aquel conflicto había empezado para terminar de una única manera: acabar con toda la humanidad. Y quién sabe si no era eso lo que estaba sucediendo, o tal vez ya había sucedido y lo único que quedaba sobre la faz de la tierra eran los rescoldos de ésta. A Bangor ya no llegaban las noticias de la NBC o la CNN. Hacía más de un año que no sabía lo que sucedía más allá del Penobscot.

A él no le extrañaba nada lo que había pasado. Siempre fue pesimista respecto a la humanidad y por eso su máxima en la vida era actuar como le venía en gana. Su profesora de filosofía en secundaria, la señorita Aplelton, le preguntó durante una clase su opinión sobre el ser humano. Si era bueno o malo por naturaleza. Él dijo que el individuo era peor que el mismísimo demonio, egoísta, envidioso, rencoroso, vanidoso; y que la masa, la sociedad, simplemente era un animal estúpido y miedoso. Ella le miró sorprendida y, comedidamente, pasó la palabra a otro alumno. La señorita Aplelton pensó —como le dijo después a solas— que estaba influido por lo sucedido con su padre.

Su opinión respecto a la humanidad no había hecho más que empeorar. Ahora también podría tacharles de suicidas impotentes. A la raza humana le sucedía lo mismo que a un maltratador: o eres mía o no eres de nadie.

Patrick había avanzado un poco por el pasillo, hasta el mostrador principal. Vio a uno de aquellos albinos reptando sobre la nieve delante de la puerta del Acadia, de esa manera tan extraña y complicada para un cuerpo humano. Aquel albino lo miró, pero no tenía intención de entrar; se perdió por entre los árboles esqueléticos del aparcamiento.

Aquello no le gustó.

Aunque quisiera, no podría huir, no con tantos acechándole. Se sintió de nuevo como una presa y eso le cabreó. No le gustaba desempeñar ese papel, así que tomó una decisión. Si iba a morir, se llevaría a alguno por delante. Lo que más le preocupaba era el perro. No quería que *Doggy* sufriera ningún daño, pero estaba seguro de que, aunque lo sacase a la puerta y lo mandase a casa —y suponiendo que esa criatura no le atacase—, el perro no obedecería. Permanecería con él hasta las últimas.

—Buen perro —le dijo acariciándole levemente entre las orejas.*Doggy* le lamió los dedos y caminó pegado a su pierna. En silencio.

Llegó hasta la escalera, que en dos tramos cortos subía a la segunda planta. Ya no se escuchaban rumores, solo el estrépito del viento entrando por la ventana con cristales desdentados del pasillo de aquella planta. Apuntó el arma, con la vista fija en la mirilla, en el cañón y en lo que tenía delante. Un póster sobre vacunación se despegó de la pared, salió volando, empujado por una ráfaga de aire, pasó por delante de él y se fue a estampar contra la pared del fondo. Al poco aleteó y se quedó quieto, pegado al suelo.

El pasillo estaba desierto, aunque muchas de las habitaciones permanecían abiertas o con las puertas un poco entornadas y en completo silencio. Algunas eran acolchadas; otras, simples despachos médicos o salas de terapia no muy grandes. Se asomó por una de las ventanas del pasillo y a través de la nevada divisó el patio trasero. Allí estaban las perreras. El Acadia también había sido conocido en su día por usar perros en las terapias con sus enfermos. Él sabía bien cómo podía un perro apaciguar el carácter de alguien o conservar su cordura. Si no fuese por *Doggy,* habría enloquecido mucho tiempo atrás.

Todo permanecía en silencio. Un silencio tan antinatural que estaba a punto de perder los nervios y ponerse a disparar hacia todos lados.

La sensación de estar siendo observado no cesó en ningún momento. Era como si aquellas cosas estuvieran justo delante de él, relamiéndose, tocando con su lengua sus puntiagudos dientes, uno por uno, y salivando hasta empalagar sus pútridas bocas.

Y él no las podía ver.

Doggy gruñó de nuevo. Una de esas cosas se dirigía hacia él a toda prisa; aquella sensación iba más allá del mero presentimiento: la percibía en sus carnes y en la alarma de su cerebro. Miró hacia la pared verde que se encontraba frente a las puertas de las habitaciones y, cuando una de aquellas criaturas pasó por delante de un póster blanco con grandes letras rojas adherido a la pintura, se percató de todo.

Hacían trampa.

Disparó y de la pared comenzó a brotar a borbotones un chorro de sangre oscura, casi negra. Uno de aquellos seres cayó al suelo. Quedó allí tendido. Se agarraba el bajo vientre, aunque no emitía ningún sonido. No parecía sentir dolor.

El color de aquel ser era verde.

—¡Los hijos de puta cambian de color! —gritó Patrick eufórico. No tuvo tiempo de rematar a aquella criatura. Otra se descolgó del techo justo delante de él. Abrió la boca, emitiendo un gritito agudo, y Patrick pudo sentir su aliento, tan fétido que parecía provenir de las vísceras de un cadáver expuestas al sol.

Aquel ser, aquel no muerto camaleónico, le golpeó con los puños cerrados en el pecho, y Patrick voló de nuevo hacia atrás, se dio un golpe en la espalda y se escurrió por el linóleo. También le había arañado con alguna pequeña zarpa porque notó el escozor y la sangre brotar y empapar su camisa. Comenzó a toser antes de incorporarse; el dolor llegó en pequeñas ramificaciones hasta confluir en un mismo punto. La espalda le crujió como una rama seca. La escopeta había caído junto a él. *Doggy* ladraba hacia el techo, pero Patrick no veía nada. Se arrastró hasta el arma. Los dedos le temblaban fruto de una repentina artrosis, el corazón le latía desbocado y tenía los oídos taponados.

Disparó en la dirección en que ladraba el perro.

Una nube de polvo blanco inundó el pasillo. Aquella criatura aulló, pero Patrick supo que había errado. Aun así, el polvo había bañado la superficie verde de aquel tipo albino y ahora era visible. El ser estaba totalmente consternado, incapaz de asimilar más de un color con su camaleónica piel muerta. Patrick cargó el arma, nervioso, temiendo no ser lo suficientemente rápido o que algún cartucho se le cayese al suelo, lo que supondría su perdición.

Su atacante cayó sobre él, y sintió un enorme dolor en su estómago y en sus rodillas al recibir el peso. Pero ya había apretado el gatillo, y el engendro había volado hacia atrás con un enorme agujero en el pecho, envuelto en alaridos de rabia. Cuando Patrick se incorporó, el perro mordía la cabeza de aquella cosa que antaño había sido un hombre y la zarandeaba. La otra criatura, a la que había disparado primero, intentaba levantarse. El color de su piel cambiaba constantemente, adquiriendo todos los tonos del arco iris. Los colores eran tan vistosos como los de una viuda negra o una cobra, y la criatura, igual de mortal que ellas, se miraba consternada la piel.

En un momento dado, comenzó a caminar hacia un incrédulo Patrick. Las entrañas le caían a cada paso, conformando charcos infectos. Armó el brazo, observó su bíceps hiperdesarrollado y se inclinó para atacar, pero Patrick le voló la cabeza de un disparo. No le había temblado el pulso en esta ocasión. El albino cayó al suelo, ahora definitivamente muerto.

Sthendall volvió a cargar el arma. No le quedaban muchos cartuchos, y en seguida se arrepintió de no haber traído más.

Doggy acabó con el otro; la cabeza, después de su ataque, se había convertido en una amalgama de sesos, sangre y piel.

Del patio trasero le llegó un grito entrecortado, y de la calle, otro. Asomó la cabeza por las ventanas pero no vio nada. Solo el camino empedrado y estrecho que recorría el patio de una punta a otra, desde la zona de consultas hasta los dormitorios comunes.

Se desabrochó un poco el anorak y la camisa. La herida era superficial aunque dolorosa. Decidió que podría intentar salir del centro. Si era lo bastante rápido, llegaría a su propiedad, donde guardaba el armamento necesario para recibir con gusto la visita de aquellos engendros putrefactos. Ahora sólo quedaban dos.

En una de las habitaciones encontró un maniquí de tamaño natural. Le sorprendió, aunque luego recordó que en algunas terapias los internos abrazaban a los maniquís e incluso charlaban con ellos —o les pegaban—; se trataba de conseguir que canalizaran su violencia en determinadas ocasiones o se socializaran sin peligro de que le saltasen un ojo a alguien.

Cogió el maniquí, que estaba vestido con un jersey de lana con rombitos de colores y unos pantalones de pana marrones, y lo bajó a la primera planta. Había tenido una idea.

Sabía que una de aquellas criaturas le esperaba fuera y que la otra podría entrar en cualquier momento desde el patio interior para obligarle a salir o simplemente matarle allí adentro.

Él saldría: nunca le había gustado hacer esperar. Sentó al maniquí en una silla de ruedas de las que estaban en el recibidor reservadas para los nuevos inquilinos y embadurnó al muñeco con la sangre que manchaba sus manos y parte de su ropa. Aquello les entretendría durante unos segundos, almenos si no eran tan inteligentes como él creía.

Entró en una de las oficinas de la planta inferior, una de las que hacía esquina y cuyo mobiliario solo consistía en mesas, sillas y archivadores. Como él suponía, había ventanas que daban a dos lados diferentes del edificio. Un par de ellas orientadas hacia el norte, y otro par, hacia el este. Comprobó primero que las ventanas no tuvieran barrotes y sopesó la altura: un par de metros de caída. Retrocedió y miró al perro.

—¿Preparado, *Lassie?* —*Doggy* giró su cabeza hacia un lado y luego hacia el otro. Tenía su atención—. Bien.

Empujó con todas sus fuerzas la silla de ruedas, que chocó contra el marco de la ventana, y el maniquí, de unos sesenta kilos, rompió el cristal y salió despedido por el hueco.

No esperó para ver si su plan daba resultado y aquellas cosas atacaban al maniquí, sino que cogió carrerilla y saltó por una de las ventanas que daban al este. Llevaba la escopeta por delante, y gracias a eso y al anorak, cuando cayó al suelo no se hizo más que unos cortes superficiales en las manos y en la cara. El perro se detuvo brevemente en el alféizar, pero después saltó a la nieve, que amortiguó su caída.

La nevada no parecía querer remitir. Ambos echaron a correr envueltos en ella. Cuando dejó la calle Stillwater y alcanzó la calle Finbon, supo que ya le seguían. No quería mirar atrás porque eso le haría ralentizar el paso y tal vez incluso tropezar, pero al comprobar que el perro no estaba a su lado se detuvo en seco.

Doggy y una de aquellas cosas estaban enzarzados en una pelea. El perro le mordía cerca del pie derecho, por encima del tobillo. El albino, en posición de reptar, intentaba alejarle sacudiendo una y otra vez su pierna como si se tratase del anca de una rana gigantesca, lanzándole manotazos infructuosos, pero *Doggy* ya había hecho presa. Patrick corrió hacia atrás; podría haber disparado desde aquella distancia, pero no se podía permitir fallar porque sólo contaba con un par de balas más.

Otro de aquellos albinos apareció detrás del perro. Patrick no lo había visto, y jamás lo habría hecho porque su piel había adquirido el mismo tono que la nieve; si en ese momento resultaba visible era porque su contorno se dibujaba contra el edificio de ladrillo visto que tenían detrás. Aquella cosa golpeó con las dos manos unidas al perro, en la cabeza. *Doggy* soltó el bocado y comenzó a gemir de dolor. El otro albino lo golpeó con la pierna herida en el costado, arrojándolo un metro hacia la pared.

Patrick disparó y al albino que estaba de pie, ayudando al otro, le desapareció media parte inferior de la cabeza y del cuello. Cayó a un lado emitiendo un extraño gorgoteo con su garganta y mirándole con unos vidriosos ojos negros; unos ojos que, aunque humanos, jamás habría dicho que pertenecían a una persona viva.

No hubo tregua. El albino herido se lanzó a por él a una velocidad endiablada y en total silencio. Patrick volvió a correr, no sin antes echar una mirada a *Doggy*. El perro se había levantado, y eso le bastó. Volvería a por él.

Su dueño callejeó sintiéndose perseguido muy de cerca. Llegó a su barrio sin resuello porque en ocasiones se hundía casi hasta por encima de los tobillos; había intentado cargar el arma durante la carrera, pero lo único que había conseguido era perder un cartucho. Solo le quedaba una oportunidad. Cuando llegó a su casa y vio a Peter embarrado en la zanja y a la niña en el porche con un par de muñecas y señalándole pensó que su antiguo amigo le ayudaría, o peor, que le verían morir.

No vio la piedra que sobresalía. En su desesperación, había abandonado la nieve de la carretera y corría por la cuneta de su fachada. Había estado a punto de tocar su puerta, pero con el tropiezo cayó al suelo y en esta ocasión el arma sí salió volando, demasiado lejos.

Sintió el peso de aquella criatura en su espalda y sus afiladas uñas como garras penetrar en sus costillas y retorcerse.

Gritó.

18

Peter estaba petrificado. Había visto a Patrick caer y a aquel tipo enorme, albino, lanzarse encima de él. Oyó a su vecino gritar, a su hija gritar, pero él permaneció quieto, con los ojos abiertos desmesuradamente y sin moverse de la zanja. La nieve, inmisericorde, no quería quedar relegada a un papel secundario y bañaba todo Bangor con persistencia.

«Han llegado aquí —pensó—. Esa cosa no es humana, por mucho que lo parezca. Dios mío».

Patrick lanzó otro grito: aquel ser le estaba golpeando una y otra vez en las costillas. Apenas podía distinguir los contornos de aquella cosa porque eran tan blancos como la misma nieve que caía.

—¡Papá! —le gritó Ketty—. ¡Haz algo, papi!

Miró a su pequeña hija, que estaba horrorizada; lloraba, con las manos crispadas en la cara y con su ligero pijama abrigándole.

Él debía hacer algo, tenía que salvar a Patrick. Era su deber como ser humano.

Miró la escopeta que descansaba a su lado. Podía cogerla, podía apuntar a aquella cosa; estaban cerca, sin duda no fallaría aunque la nevada perturbase algo su visión. Podía disparar y volarle la cabeza.

Podía hacer mucho por Patrick, pero no hizo nada.

Agarró el arma, pero más para protegerse a sí mismo y a la niña que para salvar a Sthendall.

Peter tembló presa del miedo y se acercó al muro que lo separaba de la trifulca; se parapetó en él y cerró los ojos con todas sus fuerzas, como si así pudiera borrar fulminantemente aquella horrible escena. La nieve le caía en la cabeza, en las manos, y sentía su frío en el cogote.

Sentía también el sufrimiento, el dolor de Patrick, una especie de remordimiento traicionero que le embargaba el alma por momentos, y, aun así, no fue capaz de salir de su escondite.

Aquel ser golpeó a Sthendall con saña. Estiró el brazo de su antiguo amigo hacia atrás y le mordió en el antebrazo, llevándose un trozo. Patrick gritó de dolor, como gritaron las personas en el bosque aquella noche oscura en que murió Helen.

Helen, la genuina e infiel Helen.

—¡Papá! —gritó de nuevo la niña. Había bajado los escalones del porche, tenía los pies enterrados en la nieve y le imploraba con ojos acuosos, con manos extendidas.

Él la miró. Estaba enfadado, confuso. Aquello no estaba bien, nada era tan importante como una vida humana, debía arrojar a un lado el rencor. El arma de Patrick había caído lejos y él no podía escapar de debajo de aquella cosa. No saldría con vida de allí y él lo sabía.

—¡Entra en la casa! —le gritó a Ketty desde detrás del muro y haciéndole un gesto brusco con la mano.

—¡Papá, ayúdale! —contestó ella, asustada y dando un paso atrás ante la reacción de su padre.

A él le invadió la cólera. Sintió la ira espoleando su razón, nublándole la vista y apoderándose de su cabeza. Salió de su resguardo y golpeó con las manos violentamente la alambrada una y otra vez, mirando hacia su hija. Le daba igual que aquella cosa le viera o le atacara. Estaba fuera de sí.

—¡Te he dicho que entres, joder! —le gritó.

Ella dio dos pasos atrás, aterrada. Echó una última mirada a Patrick y a aquel ser albino y luego sus ojos se posaron de nuevo en su padre, cargados de decepción.

Y entró en su casa, corriendo y llorando.

Dentro de la cabeza de Peter comenzó una terrible pugna. Odiaba a Patrick, le odiaba por haberles hecho tanto daño, por haber provocado que por primera vez en su vida Ketty le mirara así, pero había sido su mejor amigo durante casi toda su vida, habían compartido muy buenos años.

«Es una persona, está sufriendo, va a morir —decía la parte benevolente de su ser—. Y fue tu amigo. Tu jodido mejor amigo».

—Se tiró a Helen —dijo en alto, casi con lágrimas en los ojos—. Al muy hijo de puta no le importó hacerme daño. Se folló a mi mujer. Iba a destruir mi familia, quería a mi mujer... Helen... no... yo...

A su espalda oyó un grito inhumano. Despegó la espalda del muro al que había vuelto y se giró, asomando con cuidado la cabeza.

El perro de Patrick había atacado por detrás a aquel ser, mordiéndole en el cuello y en la nuca. El animal parecía enloquecido, rabioso, y lanzaba rápidas dentelladas. Aquella cosa comenzó a gritar y a sangrar, pero Peter se dio cuenta de que no gritaba de dolor, sino de rabia.

Patrick consiguió salir de debajo del albino empujando vehemente con brazos y piernas. Parecía malherido, con sangre por todos lados y la ropa destrozada, y renqueaba hacia su escopeta, arrastrando un pie por la nieve. Ya casi estaba encima del arma, pero un alarido de su perro hizo que se girase en redondo.

Aquella cosa había cogido con sus manos el hocico y la quijada inferior del can y le había abierto la cabeza en dos provocando un último quejido del perro. *Doggy* murió al instante entre ahogos y en medio de un charco de sangre. Cuando aquel ser lo arrojó a un lado, sus patas se sacudieron espasmódicamente dos o tres veces y luego el movimiento cesó completamente.

Patrick gritó, y para Peter aquello fue desgarrador.

El albino se lanzó hacia él, pero estaba herido y no era tan rápido. Patrick recogió el arma del suelo y, justo cuando tuvo la boca de aquel muerto a unos centímetros de él disparó, consiguiendo que la mitad superior de su cabeza desapareciese y en su lugar quedase visible la viscosa masa que constituía el cerebro de aquel engendro. Aun así, no cayó, sino que arrojó a Patrick hacia atrás con él encima y el arma sobrevolando sus cuerpos.

Sthendall se levantó, apartó el peso muerto a un lado y comenzó a patear a aquella cosa. Lloró y maldijo hasta que tuvo la pernera totalmente empapada en la sangre de aquel ser asesino. Segundos después corrió hacia *Doggy* y lo levantó en vilo. Miró hacia el cielo gritando y las nubes le observaron impávidas; luego fijó su mirada en Peter, una mirada vidriosa cargada de odio, desesperación e incredulidad.

Patrick parecía un animal salvaje que ha sido herido, con la sangre cayéndole por la frente, tiñendo su cara y su cuello. Recordaba a uno de esos indios sioux que aparecen retratados en algunas pinturas y que, colérico, mira fijamente a su enemigo antes de cortarle la cabellera, clavar su cabeza en una lanza y bailar la danza de la guerra alrededor de una hoguera.

Con el perro en brazos y sin apartar la vista de él, se retiró dejando un reguero de sangre a su paso; entró en su propiedad, y Peter hizo lo propio.

El corazón le golpeaba violentamente el pecho y todo el cuerpo temblaba.

—¿Por qué no le has ayudado? —le gritó su hija, que permanecía de pie, junto a la cristalera, viéndolo todo—. ¿Por qué? ¿Eh? ¡Di!

Peter no sabía qué decir. Estaba arrepentido de no haber actuado y de haber tratado tan mal a la niña, de tener que mentirle, de tener que ocultarle tantas y tantas cosas.

—Tú no lo entenderías, hija —le dijo con un tono afable, acercándose a su pequeña e intentando abrazarla.

Ella se arrojó al sofá boca abajo y comenzó a llorar con rabia.

—¡Ha matado al perrito! —gritó golpeando los cojines—. ¡Esa cosa ha matado al perrito!

Luego continuó llorando hasta ahogarse con sus mocos. Peter intentó abrazarla de nuevo, consolarla. No podía verla así, un padre jamás debería ver a su hijo sufrir de aquella manera. Pero la niña le golpeó en el pecho, lo apartó a un lado y corrió escaleras arriba. Aquello lo destrozó por dentro.

Él se dirigió a la cocina y allí, después de mucho tiempo, lloró.

19

El sol había salido después de dos días sin dejarse ver. Dominaba la mañana a través de las montañas, como un pastor domina a su rebaño. El calor picaba un poco, solo si no estabas a la sombra y no te tocaba con sus gélidas manos el suave viento del norte que corría enseñoreándose de toda la ciudad.

La nieve comenzó a derretirse en los tejados, calles y plazas. A escurrirse por faringes de metal, por cunetas y arroyos de aguas gélidas, hasta desembocar, a través de cientos de pequeños meandros, en el Penobscot.

Patrick apuntaba con su escopeta a la cabeza de Peter.

Allí, sentado en su salón, borracho, pero con el pulso firme. Podría darle; lo veía asomar una y otra vez por su maldita zanja, echando paladas de tierra húmeda a un lado y limpiándose el sudor de vez en cuando con el reverso de la mano enguantada. Sería un blanco fácil.

Apuntó al pecho, luego a la entrepierna y después volvió a subir a la cabeza.

«Sí, no tendría ningún problema en reventarle su jodida cabeza», pensó.

Apuró el último trago de ron y dejó caer el vaso suavemente al suelo. Rodó por él sin romperse al ser amortiguado por la moqueta y fue a parar a las patas de una silla, donde se detuvo.

Acarició el gatillo con la misma delicadeza con la que había acariciado más de una vez el clítoris de Mónica. Arriba y abajo, suave, suave, pshhhh.

—Vamos, aprieta un poco; toca el punto G y deja que esta chica se corra en tu mano —se dijo en un susurro, con un ojo lleno de telarañas rojas y guiñado el otro para apuntar mejor. Su boca dibujaba el rictus de quien espera el retroceso. Mantenía los brazos rígidos, aunque ligeramente flexionados, y la respiración acompasada para mantener el pulso—. Dispara —dijo suavemente.

La niña, con su pelo rubio ondulado y vestida con un pija ma blanco y rosa, salió al porche y se sentó allí con sus muñe cas. Pareció mirar hacia él durante unos instantes, después a su padre.

No lo había visto, no podía verlo.

Patrick tensó el dedo en el gatillo, pero no lo suficiente para escuchar la detonación y sentir la vibración del arma en su cuerpo. Después, apartó la vista del punto de mira y arrojó la escopeta a un lado. Ésta golpeó en un pequeño mueble del recibidor y un jarrón cayó al suelo formando alboroto y un puzle de cerámica.

Había estado a punto de disparar.

—Jodido loco —masculló.

Se levantó del sillón y se dirigió a la cocina. Su corazón, ahora sí, le golpeaba en el pecho con el mismo ritmo que tendría un batería desaforada de un grupo *heavy*. Caminaba con las babuchas como lo haría un zombi al que se le estuviesen descomponiendo los pies. Tenía la cara demacrada, y exhibía unas grandes ojeras y una barba demasiado larga. Andaba aún renqueante y un enorme hematoma se dibujaba en su espinilla y le recorría el gemelo de la pierna derecha. No iba vestido más que con unos calzoncillos bóxer negros y una camiseta de manga corta amarilla con el nombre del equipo de baloncesto de Bangor impreso. Le daba igual el frío. En el antebrazo lucía un vendaje algo sucio y con una mancha oscura que cubría la herida que aquel ser le había infligido y que le palpitaba constantemente. Le dolían las costillas al levantar un poco el brazo, allí donde sus garras habían penetrado, rasgando la piel hasta hacerla jirones.

Agarró la botella de ron y se llenó el vaso de tubo hasta la mitad; después añadió un poco de agua de un cazo que pedía a gritos que lo sumergieran en jabón. Con el vaso en la mano, volvió al sillón y estiró las piernas encima de la pequeña mesa.

El alcohol era su mejor calmante y quitapenas.

Había enterrado a *Doggy* en el jardín. Un pequeño montículo de tierra sobresalía en la parte baja, casi haciendo esquina con el muro de la calle y el que separaba su propiedad de la de su vecino de al lado.

«Es mi cementerio particular de animales», pensó.

Le enterró el mismo día en que murió, con la tormenta aún llorando lágrimas heladas. Tardó más de una hora, porque el dolor del costado le impedía cavar más rápido. Después salió de su propiedad y arrastró al albino hasta uno de los descampados de la parte baja del barrio. Lo roció con gasolina y le lanzó una cerilla. La pira emanaba un olor pútrido, nocivo. Así que se alejó de allí y volvió a su casa.

Cabizbajo.

Y allí le esperaba la ausencia, como una vieja amiga que se sentía ofendida por creerse olvidada. Después de más de dos años con *Doggy* siempre a su lado, se sentía inválido sin él. Muchas veces se había dicho que si hubiera tenido un perro antes, quizá nunca se habría casado. Y lo decía en serio.

Recordó el día en que le regalaron el perro. Michael Robbins le había invitado a una barbacoa en su chalé. El pequeño y prepotente Michael Robbins, transportista al por mayor. Como buen y orgulloso propietario de un caballo español, quiso enseñarle su reciente adquisición. Le dijo que el caballo era de Jerez y que le había costado una fortuna. Cuando Patrick llegó al vallado y lo vio, le creyó. Era un corcel negro azabache, de pelaje y crin brillantes, y asalvajado. Galopaba por el cercado brindando un espectáculo majestuoso. Sthendall se había quedado con una sonrisa tonta observando la nobleza del animal, hasta que al fondo vio un pequeño bulto moverse.

—¿Qué es aquello? —preguntó señalando hacia las cuadras, con su cubata en la mano.

Su amigo puso su mano derecha de visera porque le molestaba el sol. Luego la bajó e hizo un gesto con la cabeza como quitándole importancia.

—Es un cachorro de husky siberiano, pero se va a morir —contestó dándole un largo trago a su vaso.

—¿Por qué? —preguntó Patrick, curioso.

Michael, respondiendo a la curiosidad de su amigo, le abrió la puerta del cercado y juntos se encaminaron a las cuadras, de donde emanaba un insoportable hedor a heces y paja mojada que les anuló el olfato. Cuando llegaron, vieron al cachorrito de apenas un mes, cojeando entre los montículos de mierda y paja. La madre lo había repudiado y corría por el cercado llenándose de barro, jadeando.

—Lo pisó el purasangre cuando me lo trajeron y está cojo —dijo su amigo levantando al animal y mirándole sin el me nor aprecio—. No creo que viva mucho tiempo más; además, está lleno de pulgas y caga lombrices blancas.

Patrick agarró al cachorrito y lo levantó en alto.

—¿Y lo vas a dejar morir así, cabrón? —preguntó—. Además, esos perros valen un dinero. Llévalo al veterinario, hombre.

Michael Robbins le hizo un gesto con la mano como indicando que no le importaba el perro. Se giró y se quedó contemplando extasiado al caballo. Luego salió de la cuadra.

—¿Me lo regalas sin que tenga que hacerte una mamada?

—preguntó Patrick saliendo detrás de él y sin soltar al cachorro, que temblaba y gemía entre sus brazos. Jamás había tenido un perro, y la pregunta fue más fruto de la compasión que de las ganas de llevar a casa al animal.

Su amigo se lo dio, encogiendo los hombros, y él lo llevó a la clínica veterinaria de David Stratham esa misma tarde. Éste le hizo una radiografía en la minúscula pata delantera —Patrick no sabía que a los perros se les hicieran radiografías—, lo exploró por entero y le dio un desparasitador estomacal. Le dijo que tendría que criarlo a biberón y que no tenía nada roto, pero sí una contusión. Le recetó un antibiótico, un antiinflamatorio y un calmante, y después le cobró casi cien dólares. Patrick salió de la clínica con una nueva mascota a la que no sabía ni siquiera qué nombre ponerle y un terrible dolor de bolsillo.

El cachorro cojeó durante los dos primeros meses, aunque cada vez menos. Dejó de cagar lombrices para sembrar de heces oscuras y sólidas todas las esquinas de la casa, ante los gritos coléricos de Patrick, que se cagaba en la perra de su madre. Poco después empezó la guerra, y el can fue el único que permaneció a su lado, fiel.

Al final el perro no murió. No aquel día.

Dos años y pico después, miraba la tumba de *Doggy* con ojos vidriosos, preguntándose cómo había llegado a querer tanto a un animal, y recordando cómo este le había devuelto el cariño con creces. Hasta dar incluso la vida por él.

Dio otro trago al ron y volvió a mirar la escopeta.

Negó con la cabeza, pero se levantó de nuevo y caminó hasta ella...

20

Ketty no podía dormir bien por las noches. Tenía horribles pesadillas en las que aquel hombre albino los mataba a todos. Despertaba temblando, recordando aquellos ojos anaranjados y malévolos que la miraron y que debían de pertenecer a aquella criatura, y aunque seguía enfadada con su padre, se abrazaba a él hasta que volvía a quedarse dormida. Le retiró la palabra a Peter durante dos días. Algo se había roto en su pequeño mundo interior. Su padre, por primera vez, la había decepcionado. Y no solo eso, sino que no concebía la ausencia del perro. Desde que tenía uso de razón, había visto al perro de su vecino a diario. Le gustaba esa monotonía de verlo brincar o correr por el jardín, de salir a la calle con su dueño, que tan simpático le parecía... Y ahora, todo se había roto.

Por primera vez en su corta vida había tomado conciencia de la muerte y de lo que verdaderamente significaba, y eso la aterraba. Le daba pánico la idea de morir, de que le hicieran daño físico o de que su padre muriera. Además, había otra pregunta que se escondía en los recovecos más oscuros de su cerebro y que tenía relación con su madre.

La primavera anterior, un día soleado, había ido con Peter al cementerio de Maple Grove. Aquello le pareció precioso. El camposanto, todo verde, estaba sembrado de cruces de mármol y lápidas de todos los tamaños posibles. Su padre, con gesto grave, había depositado unas flores encima de las tumbas de su abuelo y sus bisabuelos, que reposaban bajo la sombra de un enorme árbol. Le había explicado a ella que eran inmigrantes, gentes que habían dejado su tierra y luchado por un futuro mejor, y que ya no estaban entre ellos. Le habló un poco de cada uno de sus familiares y después se fueron.

De camino a casa ella había notado a su padre muy triste. Caminaba cabizbajo y con las manos en los bolsillos, pateando piedrecillas del camino. Ahora, en cierto modo, podía entenderle. La tristeza de no volver a ver más al perro le había dejado un pequeño vacío casi físico, aunque no sabía situarlo muy bien en su cuerpo. Pero estaba ahí, era real y doloroso. Y se preguntaba por cuánto tiempo permanecería dentro de ella. Ketty había visto desde su habitación, entre lágrimas, cómo Patrick enterraba a *Doggy* mientras nevaba. Sintió una tristeza profunda también por el hombre. El perro era su única compañía, puesto que su padre no le hablaba por alguna razón que no quería contarle y también le impedía constantemente a ella que le hablase. Siempre se ponía hecho una furia y le ordenaba entrar en casa.

¿Cuánto tiempo le duraría el vacío interior a aquel hombre? En esto estaba pensando Ketty cuando se sentó en el porche de su casa, en pijama y con sus muñecas, Cindy y Pindi. El segundo nombre se lo había inventado; quizá existiera, pero ella no lo había escuchado nunca y le sonaba bien.

A Cindy le faltaba una pierna, y a Pindi, un brazo y otra pierna. Una vez le había preguntado a Peter si podía llevarlas al hospital de Saint Joseph para que las curasen y volviesen enteras. Él sonrió y le dijo que eso no era posible, pero que intentarían conseguir más muñecas.

Miró hacia la casa de Patrick y le pareció ver un reflejo metálico a través del ventanal del salón. Solo fue un breve instante, y después no distinguió nada.

Observó a su padre, que estaba en la propiedad de Larry, cavando. Como siempre últimamente. Apenas pasaba tiempo con ella, y no solo desde que había comenzado con aquella zanja, sino desde un poco antes. Siempre tenía algo más importante que hacer. Le parecía que conforme pasaban los días y mayor se hacía, menos atenciones de él recibía.

Ya no hablaba tanto, ni la mimaba como antes. Pasaba las horas taciturno, ensimismado. La niña se preguntó si en eso consistía hacerse mayor, en perder el cariño y las atenciones de los demás.

—Ah, estás ahí —le dijo su padre, dejando de cavar y apoyándose en la pala. Ya casi había llegado al muro de su vecino que daba a la calle—. No te había visto. ¿Cómo has dormido esta noche?

La niña se encogió de hombros en silencio, mirando a Cindy y Pindi. No quería hablar con su padre todavía. Seguía dolida.

—¿Cuándo vas a volver a hablarme, guapa? —insistió Peter con tono alegre.

Ella volvió a encogerse de hombros, sin mirarlo. De repente una idea centelleó en su mente.

—¡Cuando le regales un perrito al hombre! —exclamó feliz por la ocurrencia.

Peter frunció el ceño y se apoyó en la pala, incómodo.

—Cariño, ya no hay perros por aquí —dijo, consciente de que, aunque los hubiera, jamás haría tal cosa—. Se habrán hecho salvajes y huido al bosque para poder comer algo.

La niña arrugó la boca y la nariz, enfadada. Su padre siempre podía poner excusas, pero ella no. Volvió a mirar a las muñecas y a hacer como que hablaba con ellas, ignorándole de nuevo.

—Vamos, Ketty, dame una tregua —dijo él con tono suplicante. La niña apartó las muñecas a un lado.

—¿Qué es una tregua? —preguntó inocente—. Yo no tengo de eso, papi.

Peter rió con ganas, y a ella le gustó. No veía reír a su padre casi nunca, así que se contagió sin saber exactamente por qué. Cuando se dio cuenta de que debería seguir enfadada, miró hacia otro lado con semblante serio, orgulloso y resignado.

—Una tregua es un momento de paz. No me gusta verte así de enfadada conmigo —contestó—. Si sirve de algo, te pido disculpas.

Ella observó un rato sus muñecas, sin hablar y sin mirarlo. De repente, ya no tenía más ganas de estar enfadada con su padre. Se levantó y comenzó a pasear con sus botitas por el jardín, procurando no mancharse de barro el pijama. Comprobó que su padre no la miraba ya y empezó a pisar los charcos de escarcha y a dar pataditas a la nieve que quedaba aislada aquí y allá.

Algo llamó su atención. A su derecha, en la parte baja de la alambrada que ya no estaba cubierta por la nieve, vio varios arañazos. Algo —el dueño de la mirada malévola— había roto los alambres de la valla y practicado una pequeña abertura casi a ras del muro por la que podría salir o entrar un animal pequeño o…

Se le ocurrió una idea brillante. Disimulando, como si no hubiera visto nada, se dio la vuelta y se dirigió hacia donde estaba su padre. Éste observaba meditabundo el muro de su vecino Larry, pensando que debería tirar parte de él si quería que la zanja fuese más efectiva.

—¡Papi! —exclamó.

Su padre se giró sorprendido y borró con esfuerzo una sonrisa. Aquel «papi» le había sonado bien, pero procuró que no se le notase mucho.

—Dime, guapa —contestó.

—¿De verdad quieres que te perdone? —preguntó ella, coqueta, con las manos en la espalda y apoyando el peso de su cuerpo primero en un pie y luego en el otro.

—Claro, hija —dijo él, sonriente aunque desconfiando.

—¡Pues tráeme flores! —sentenció.

Peter comenzó a reír de nuevo, apoyado en el mango de la pala. Le encantó la ocurrencia de la pequeña, así que aceptó. Le buscaría algún tipo de flor a la niña por los alrededores. La verdad es que sabía que por allí abundaban el ranúnculo, la margarita, el laurel de monte, el rododendro y la violeta, pero no tenía ni idea de en qué temporada florecía cada una. Nunca fue un experto en flores y jamás se las había regalado a Helen, pese a que ella parecía poseer acciones de todas las floristerías de Bangor y siempre las tenía por casa, en jarrones. Incluso una vez sembró en los parterres una cantidad ingente de flores raras de muchos y vistosos colores que quisieron adueñarse de todo el jardín como si de una plaga se tratase.

La niña, contenta, volvió al porche y se sentó con Cindy y Pindi. Desde allí, sin mucho esfuerzo, podía ver el montículo de tierra que era la tumba de *Doggy*.

—Tú también tendrás flores, perrito —dijo la niña sonriendo. Luego siguió jugando con las muñecas.

21

—Tú no eres como tu padre, no señor —se decía Patrick a voces. En la soledad de su sótano y sobre la mesa, reposaban sus maltrechas piernas, una botella de ron vacía y la foto de fin de curso del 89 con el cristal y el marco rotos. Patrick lo había hecho añicos estrellándolo contra la pared. Después, arrepentido, había recogido los trozos.

Llevaba varios días sin salir de su casa. No sabía qué hora era, aunque entraba algo de claridad por los tres ventanucos del sótano. Tampoco sabía si hacía buen tiempo, si llovía o si nevaba. Le daba igual, solo necesitaba su dosis de alcohol. Nada más.

Echado, con la silla en equilibrio, dio un largo trago a la botella de whisky que tenía en la mano izquierda. Con la otra aguantaba el micrófono de la radio de policía.

—¡Alfa, beta, Charly! —dijo apretando el botón para emitir—. Yo no soy un asesino. ¡Me cago en tus muertos! No mataré a nadie… solo quiero que me devolváis a mi puto perro… ¡Vamos, joder!

Cayó de lado al suelo, desconectando de un tirón el micrófono de la radio y haciéndose daño con la silla. El frío y el dolor invadieron su cuerpo como si heladas llamas se retorcieran entre sus tripas. Comenzó a llorar como nunca lo había hecho. No sabía cuánto tiempo llevaba allí cuando oyó una respuesta.

«Aquí alfa, beta, Charly. Conteste, amigo. ¿Me recibe?»

—¡Eh, sí! —gritó, apretando el pulsador—. ¡Aquí Patrick Sthendall! ¿Me oyes, alfa, beta, Charly?

«Le recibo alto y claro… Un momento… ¿Patrick Sthendall? ¿Patrick Sthendall de Bangor?»

—El mismo y solo si no eres uno de esos jodidos inspectores de Hacienda —contestó él con altivez y orgullo—. ¿Me conoces?

«¿Que si te conozco? Hijo de puta, cuánto tiempo, joder. ¿Cómo estás, tío?»

—Bueno… —balbuceó él, con un nudo en la garganta al pensar en *Doggy* y sin preguntar con quién tenía el gusto de hablar—, no todo lo bien que podría… Mi… mi… en fin…

No pudo acabar la frase.

«¡Carajos!, que me coma mi propia cabeza si no te entiendo. Estás así por lo de esos jodidos bichos zombis y tu perro, ¿no? Anda, levanta del suelo y hablemos tranquilamente. No queremos que pilles un resfriado y creo que tengo unos consejos que darte».

—Yo… yo no… puedo… —dijo, apoyando una mano en el suelo, sin fuerza.

No podía parar de llorar.

«¡Levanta, joder, seca esas lágrimas que no son de hombre y haz lo que tienes que hacer! Lo que DEBES hacer. Me sé toda la historia, tío. Por aquí llegan todas tus noticias, hermano. Todos pensamos que eres la hostia de buena gente. Sin embargo, Peter pudo salvar a tu perro o a ti y no movió ni un dedo, se limitó a esconderse detrás del muro, como el cobarde que es. Haz lo que todos… *deseamos*. Tu padre para eso sí que tenía huevos, tío».

La voz le llegaba de la radio, los altavoces retumbaban haciendo eco en el sótano, o eso le parecía. Alguien había acudido por fin en su ayuda y parecía entenderle, aunque esto le daba miedo.

—¡He dicho que no soy un asesino! —tenía la cara helada. Le dolía el costado, pero aun así no se levantó del suelo, sino que agarró el micrófono con más fuerza, escupiendo cada palabra—. ¡Déjame!

«¡Él ya no es tu amigo, Patrick! Dejó de serlo hace mucho tiempo. Sí, ya sé que tú tuviste parte de culpa en que la amistad se rompiera, pero esa zorra tampoco es que fuera una santa. Cuando te la chupaba o se la metías, no fingía, eh. A la muy ramera le gustaba, coño. Recuérdala brincando encima de tu polla y gimiendo como la puta más barata de todo Maine. Recuerda también cómo te saludó cuando se fue, cuando sabía que podía morir… Tú habías visto esa mirada antes…»

—Yo no… no debí acostarme con ella —dijo al micrófono, entre lágrimas—. ¡Él era mi mejor amigo, les fallé a los dos! Me odia con razón… y nunca… me perdonará. Moriré solo, y es lo que merezco.

«¡Y una mierda!, le hiciste un favor. Le mostraste que no se podía confiar en aquella guarra que os separó. La muy furcia ya ha pagado por chivarse… pero él aún no, y debería darte vergüenza. Has tenido que esperar hasta ahora para darte cuenta de que ese tipo no vale ni la mitad que tú, y ni siquiera te acabas de enterar del todo. Ha muerto *Doggy*, y no lo mató aquel tipo falto de bronceado, no. Lo mató Peter, tío, tu amigo Peter, «el polaco de mierda». Si él hubiera disparado, *Doggy* estaría aquí bebiendo cerveza hasta caer mareado detrás de su sillón».

—¡Hey, vamos! —gritó él, ebrio, con el acento sureño de su tío Charlie—. ¡Yo siempre me lavo la polla después de mear, Patrick!

«Mátale».

—No… no voy a hacerlo…

«¿Qué pensaría *Doggy* de esto? ¿Qué pensaría tu padre? Mátale».

—No soy como mi padre…

«Tu perro jamás volverá a mirarte con la cabeza girada, ni tampoco saldrá contigo a mear al porche por las mañanas… y es por su culpa. Mátale, debes hacerlo. Mátale, mátale».

—¿Pero… y qué pasará con la niña? —algo estaba cambiando en su interior. Algo inquebrantable se quebraba.

«A la niña se la ve buena; ella es una simple víctima de las circunstancias. Podrías criarla tú y hacer de ella una persona de provecho. Seguro que la pequeña sabe lo mala persona que es su padre. Ketty lo observó todo, y no parece tonta, ¿sabes? Deberías librarla de ese cerdo de Peter. Tú tienes la llave para hacerlo. Sal a la puerta y dispárale. Seguro que le encontrarás en esa jodida zanja. Haznos un favor a todos, Patrick. Ve».

—Creo que tienes razón, sí —concluyó Patrick, levantándose con un esfuerzo titánico y acercándose el micro a la boca—. Voy a salir a matar a ese cabrón. Cierro, alfa, beta, Charly.

Dando tumbos y tropezando, comenzó a subir la escalera. La escopeta se encontraba apoyada en el sillón, esperándole junto al ventanal. La agarró, la miró y la acarició. Después, salió al porche. Aquella voz seguía zumbando en su cabeza.

«Mátale, mátale, mátale...»

Peter y la niña estaban allí. Fuera.

Segundos después, el ruido de una detonación quebró el cielo; luego se escuchó otro disparo y todo fue silencio.

22

El sol hacía rato que había salido, pero él aún seguía en la cama. Un estado soporífero de duermevela le embargaba. Sus pensamientos pasaban a mezclarse con sus sueños con tal rapidez que muchas veces no sabía si soñaba o estaba despierto. En un momento dado, le pareció que caía al vacío, y fue como si de verdad se desplomase encima de la cama. Sintió el temblor, pero no abrió los ojos. Quería seguir durmiendo, o al menos intentarlo.

Recordó la tarde del día anterior. Durante un rato, había dejado a Ketty sola y encerrada en la casa bajo llave para ir a buscar las flores del perdón. Quería que aquella situación de enfado y arrepentimiento acabase, al menos con Ketty; así que rebuscó por los alrededores, sin alejarse mucho, pero no encontró nada. Portando la escopeta y con sumo cuidado, se internó en jardines colindantes donde ya no crecía la hierba, atravesó descampados desiertos —en uno de ellos descubrió partes semiquemadas de aquel horrible albino— y callejones estrechos entre casa y casa en los que hacía ya tiempo que dominaba la maleza. Incluso se acercó a orillas del Penobscot, que rugía furioso. Pero nada.

La tristeza y la soledad del paisaje minaron su ánimo.

Fue de regreso a su casa cuando a través de los setos secos de la propiedad de uno de sus vecinos la vio: una maceta con flores de plástico, en el porche, encima de una roída mesa que pronto no serviría más que para prender fuego. Saltó el muro y cogió el tiesto entre sus manos, contento. No estaban muy estropeados ni los tallos ni los pétalos, aunque habían perdido algo de su color original. Aun así, estaba claro que eran copias a tamaño natural de las violetas salvajes que crecían en el bosque o en los invernaderos de por allí y que, en tiempos anteriores a la guerra, costaban tan caras como un desayuno para dos personas en la tasca de Joe Sillock.

—Tendrán que servir —se dijo; así que se las llevó y al llegar a casa las limpió un poco con agua y un trapo.

Y a Ketty le gustaron. Dio brincos de alegría y exclamó que así durarían más. Le dio besos y abrazos. Peter rió y supuso que la niña quería ponerlas en algún sitio de la casa, quizá en el alféizar de alguna de las ventanas. Después se olvidó del asunto y volvió a su zanja. Ya había llegado al muro y lo estaba picando con un martillo y un cincel, porque la dureza del hormigón hacía imposible derribarlo con el pico, y una maza no tenía.

Se giró en la cama, remolón. Aunque no era muy dado a permanecer en ella más tiempo del preciso, le encantaba el calor de su cuerpo, sepultado bajo mantas y sábanas. Burlando al frío exterior.

Últimamente, terminaba el día demasiado cansado. El esfuerzo físico duro y continuo le extenuaba como nunca, y, pese a eso, le gustaba. Ya no tenía que pasar horas y horas de insomnio por las noches pensando en la guerra, en la muerte de todos, en aquel tipo albino que había llegado a su barrio, en por qué llevaba varios días sin ver a Patrick salir de su casa o en el futuro de Ketty y el suyo. Ahora llegaba tan exhausto a la cama que, aunque seguían preocupándole los mismos temas de siempre, en quince minutos ya estaba durmiendo a pierna suelta.

Hasta que volvió a girarse y notó que algo fallaba.

Con los ojos cerrados, echó mano al lado de la cama de Ketty. No estaba allí. En aquel momento tuvo una sensación de *déjà vu*. Abrió los ojos. Su lado estaba arrugado, pero su hija había salido de la cama y tampoco estaba en la habitación.

Se levantó de un respingo. Le tenía dicho a la niña que cuando bajase, aunque fuese al salón, le despertara si estaba dormido. Pegó la cara al cristal de la ventana y miró abajo, hacia el jardín. No estaba allí y se tranquilizó... hasta que la vio en la calle, vestida con su pijamita y pegada al muro de Patrick.

El corazón le dio un vuelco. En bóxers salió corriendo escalera abajo, intentando ponerse los vaqueros y mascullando interiormente maldiciones; deseando gritar en vano el nombre de su hija. Cuando salió por la puerta, estaba colérico por segunda vez en su vida. Incluso pensó en darle una bofetada o al menos unos buenos azotes. Tendría que ser severo con ella, aunque le doliera más a él mismo que a la niña. Ketty había sobrepasado un límite que él le había impuesto tras asegurarle que era sagrado. Inviolable. Ella comprendía la importancia de no cruzar jamás la alambrada si no iba con él y había desoído todas las advertencias.

La puerta de la casa estaba entreabierta, y de un tirón la estampó contra la pared haciendo un pequeño desconchón. Salió a la calle y...

Se detuvo bruscamente en el porche. Todos sus pensamientos, que giraban en torno a la idea de castigarla con severidad, se esfumaron cuando vio a aquella mole enorme y albina acercándose a Ketty. Aquella cosa inhumana era todo grasa y músculo. Pese a que físicamente no se parecía en nada a la criatura delgada y ágil que Patrick había matado pocos días antes, por su forma y su color albino parecía proceder de la misma especie. La humana.

Tenía unos brazos enormes, como el muslo de un adulto. Uno acababa en un muñón carcomido. El otro brazo, aunque igual de ancho, sí tenía dedos, enormes como serpientes, al final de una mano del tamaño de una maza.

Aquel gigantón avanzaba desnudo hacia la pequeña, con lentitud. Como si tuviese todo el tiempo del mundo para llegar hasta ella. Exhibía una sonrisa morbosa y una mirada hambrienta. Sus ojos, de color naranja, la recorrían entera mientras caminaba pendiente arriba. Ella aún no lo había visto porque intentaba colar por entre los agujeros de la alambrada las flores de plástico que el día anterior él le había regalado.

«¡Las flores eran para el perro, joder!», anunció una vocecilla en su interior.

Se preguntó cómo había podido suceder aquello, cómo y por dónde había salido la niña de la propiedad si él mismo revisaba los candados cada noche antes de entrar definitivamente en la vivienda. Supuso que la niña había cogido las llaves, pero eso no evitó que mirase hacia la mesa del salón y las viese allí. La puerta tampoco parecía estar abierta. No comprendía nada. Entró de nuevo, agarró las llaves y se volvió corriendo hacia la puerta. Iba descalzo, sin la parte de arriba del pijama, con el torso al aire y desarmado, pero no podía pensar en otra cosa que no fuera salvar a su hija.

«¡La maldita zanja, me ha tenido demasiado concentrado!

¡Esto ha pasado por mi culpa!», se repetía una y otra vez. Consciente de que si le pasaba algo a la niña jamás se lo perdonaría, corrió como jamás había corrido en su vida.

Aquel tipo estaba a pocos pasos de la espalda de la niña. Peter podía ver la piel arrugada y de aspecto áspero de su espalda. Tenía un agujero enorme a la altura del omóplato, necrosado y plagado de gusanos. También pudo ver las gruesas venas azuladas que le recorrían todo el cuerpo y la enorme tripa bamboleante que se mecía de un lado a otro con cada paso.

Que le acercaba más a la niña.

—¡Ketty! —pudo gritar al fin mientras, nervioso, intentaba dar con la llave—. ¡Sal de ahí! ¡Corre!

Aquella criatura se giró hacia Peter. Pareció sonreírle maléficamente. Luego volvió la mirada hacia su presa. Y comenzó a babear.

La va a matar…

La niña se dio la vuelta, asustada ante los gritos de su padre, pero no pudo mover ni un dedo, ni siquiera pestañear. Se quedó allí, clavada, con su carita aterrada y vestida con sus botitas azules y su pijama, y se encontró con la mirada infinitamente malévola de aquel albino. Y supo, en su interior, que aquéllos eran los ojos de pesadilla que había visto desde su ventana aquella noche en la que los «ris ras» la despertaron de su sueño de *Barrio Sésamo*.

Los ojos de aquella criatura que habían estado… esperándola. Hasta encontrar el momento propicio.

Agazapado quizá en alguna casa colindante hasta que las noches se apropiaban de aquel mundo gélido y solitario.

Las noches de ruidos inciertos que ahora les pertenecían.

—¡Ketty, corre! —gritó Peter metiendo la llave correcta en el enorme candado, que saltó con un «chas».

La mole ya estaba encima de la niña. Levantó su enorme brazo, el que acababa en un muñón. La iba a aplastar, la iba a machacar a golpes...

Peter agarró a la niña justo a tiempo y la cubrió con su propio cuerpo, exhibiendo su espalda desnuda y consiguiendo que el golpe impactara contra él. El golpe lo estampó contra el suelo, aplastando a la pequeña contra la tierra húmeda de la cuneta y aprisionándola con el peso de su cuerpo maltrecho. Le pareció que un piano había caído sobre él desde un noveno piso. El frío le entumeció las manos, el pecho y la cara. Al momento supo que tenía algo roto, porque, aunque quería moverse, un dolor lacerante en el cuello y la espalda se lo impedía. Sintió su piel rasgada allí, y la sangre manar por su espalda, tibia, pegajosa.

—¡Co... corre... sal de aquí! —le dijo a Ketty, que conseguía con esfuerzo salir de debajo de él.

La niña se levantó. Miró primero a la terrible criatura y después reparó en él, herido en el suelo, sanguinolento. Estaba aterrada, pero no conseguía decidirse: ¿ayudar a su padre?, ¿huir? Jamás se había visto en una tesitura semejante. Carecía de la experiencia necesaria para tomar decisiones importantes. Su edad se lo impedía.

—Papi... —dijo al final, inclinándose un poco sobre él.

No tuvo tiempo de tomar una resolución porque aquel albino la golpeó con su enorme manaza, apartándola con tal fuerza que la niña voló varios metros hacia su derecha hasta caer en mitad de la calle. El pijama rosa de la pequeña comenzó a teñirse de rojo. Una de sus botas azules, abandonada, descansaba a varios pasos de ella. Peter se quedó mirando estúpidamente la pequeña botita de Ketty, buscando la marca. Necesitaba averiguar la jodida marca aunque aquello no tuviera la menor trascendencia.

Después de superar un poco aquel estado inicial de shock, desde la distancia, Peter vio entre intermitentes oscurecimietos de su visión tres enormes arañazos en la espalda que desangraban a su hija y un pequeño charco rojizo que comenzaba a formarse en torno a su cuerpecito.

La pequeña no se movió; tenía la carita en el asfalto y miraba hacia él, pero sin verlo. Su pelo se agitaba por el viento y ocultaba su cara ensangrentada.

—¡La... la has matado, hijo de puta! —gritó levantándose, sin fuerza, impotente—. ¡La has matado!

Se lanzó hacia adelante, reuniendo toda la fuerza de la que fue capaz, y asestó un puñetazo en la quijada de aquella cosa. Cegado por la furia, pensó que iba a matar a golpes a aquel engendro macilento, pero este ni se inmutó. Había sido como dar un puñetazo a una piedra. La mole gruñó, arrugando su minúscula nariz, y golpeó con la mano sin dedos a Peter en la cabeza, estampándole contra el muro de Patrick. Después lanzó un grito iracundo al cielo gris.

Tenía comida.

Peter sintió el dolor palpitante entre una especie de neblina que se llevó parte de su conciencia. Pese a eso, de fondo, pudo escuchar dos disparos y oír cómo algo pesado caía al suelo con un ruido sordo.

Abrió un ojo, pero una mancha de sangre le impedía ver bien. Se sentía mareado y quería vomitar. Un zumbido le perforaba los tímpanos, y eso era lo único que escuchaba ahora. Quería frotarse la ceja, limpiarse el ojo, pero sus miembros no le obedecían. Bajo la mancha de su párpado, pudo atisbar uno de los enormes pies descalzos de aquella criatura que estaba a su lado. Enormes dedos retorcidos y pálidos. Si estiraba la mano, podría llegar hasta él.

Lo intentó; quería hacerle daño como fuese, romperle los dedos quizá. Pero la fuerza le abandonó y se sumió totalmente en la profundidad de su ser, creyendo, en un atisbo de racionalidad, que aquello era su muerte. Que el telón de sus ojos se echaba para no representar ninguna función más.

Y no oía aplausos de fondo que aclamasen su obra, ni si quiera murmullos.

No supo cuánto tiempo permaneció recuperándose, encamado. A veces tenía frío; otras, un calor sofocante. Recobraba y perdía la conciencia constantemente; estaba desorientado y no podía abrir los ojos aunque quisiese. A veces tenía la sensación de que eran días lo que transcurrían, semanas completas; otras, que seguía echado en el frío suelo de la calle, junto al muro de Patrick, y que estaba a punto de morir.

Que en cualquier momento aquella cosa se echaría encima de él y le mataría. Como a la niña.

A veces la llamaba, desde su oscuridad. Pero ella nunca respondía.

Padecía dolores que se agudizaban con las pesadillas que atormentaban su alma. En ellas, su hija huía a través de un túnel azulado y rojo, escapaba de aquella mole monstruosa, y él no podía hacer nada por ella, porque, aunque intentaba correr y salvarla, sus pies no le respondían. Y se quedaba allí, clavado, gritando que huyese, que no mirase atrás; viendo cómo la niña caía y le llamaba, implorando que fuese a salvarla, hasta que aquel ser repugnante que caminaba entre los vivos la alcanzaba y la partía en dos con sus garras para después descuartizarla y devorarla con avidez.

Como habían devorado a Helen y a su madre.

Un día, aunque le costó mucho esfuerzo, pudo abrir un ojo.

Vio un bulto sentado en el pequeño sillón de la habitación.

Intentó mover el cuello, enfocar mejor. No pudo.

—Estás hecho papilla, tío —le dijo el bulto.

Quiso responder algo sin sentido, porque en realidad no sabía quién le hablaba ni a qué se refería, pero estaba demasiado cansado y dolorido. Volvió a caer desmayado al instante.

En otra ocasión abrió el mismo ojo (el otro no podía). Unas manos varoniles depositaban en su mesilla un plato blanco que contenía una especie de caldo con trocitos de verdura. Se sorprendió de ver las manos con una nitidez impresionante, casi como veía las cosas cuando en su juventud había tomado un par de pastillas «de las que te hacen flipar», como las llamaba Patrick.

—Por hoy ya está bien, bebé —le dijo la voz del dueño de las manos varoniles.

Tenía el estómago lleno. Volvió a perder la conciencia.

Más veces de las que deseaba le pareció escuchar los gritos de una niña. De Ketty. Su parte racional, que ya empezaba a resucitar, le decía que eran las reminiscencias de la traumática muerte de su hija y que esos gritos jamás se irían de su cabeza, si es que conseguía sobrevivir. Entonces se retorcía en la cama, flagelándose, buscando la muerte con su dolorido cuerpo, hasta que alguien venía y le detenía, aferrándole por los hombros con firmeza.

—Hey, tranquilo... tranquilo, todo está bien, polaco. Todo está bien.

Entonces, aquella cálida voz le parecía un analgésico milagroso que le infundía calma. Y le creía. ¡Vaya si le creía! Necesitaba creerle para mitigar un poco el dolor de su alma.

Todo estaba bien.

El día que despertó, plenamente consciente de todo, las cortinas estaban abiertas y el sol entraba por la ventana perpendicularmente. Su rostro se reflejó en el espejo del armario de la habitación. Estaba pálido, y ojeras moradas se dibujaban junto a arañazos alargados. Tenía varios capilares reventados en el ojo derecho, que estaba semicerrado y amoratado. De su cuello nacían varios hematomas que se extendían por su cuerpo, pero no quiso mirarlos. Aún no.

Intentó levantarse con sumo esfuerzo y se encontró con un papel escrito encima de su mesilla. La letra abigarrada decía:

«Ve a la habitación de al lado».

Lo hizo, y el alma se le cayó al suelo. Acostada en una de las camas pequeñas que ya no utilizaban desde antes de la muerte de Helen estaba Ketty. El sol también se filtraba en aquella habitación, mostrándose misericordioso con ellos. La nieve les había concedido una tregua. Peter dejó caer el papel al suelo y su vista se nubló. Su pequeña parecía dormir, aunque tenía el rostro contraído por el dolor y algunos feos arañazos se dibujaban en su carita de mejillas rosadas. Se acercó a ella, temblando, llorando como un niño, riendo. Quiso acostarse junto a su hija sin despertarla, o despertándola, y llorar allí, con una mano echada sobre la niña para abrazarla eternamente. Para que nada pudiera dañarla nunca más.

Ketty se giró un poco en la cama, dejando al descubierto su espalda. No llevaba la parte superior del pijama y tres enormes cicatrices surcaban su espalda de lado a lado. Le habían dado puntos, pero aun así tenían mala pinta; aquello le dejaría unas cicatrices enormes y profundas para el resto de su vida. Peter entonces lloró de sufrimiento y alegría a la vez. Alternaba los pensamientos positivos con los negativos, y el resultado era que no podía detener aquel manantial de agua salada. Se secó los ojos con el reverso de su jersey y se conformó con posar un beso en la frente de su hija.

Observó que había otro folio escrito junto a la cama de la niña, en la mesilla. Lo recogió. Era la misma letra abigarrada de Patrick.

«¡Hola de nuevo, vecino!

»Hoy he comprobado que estabas mejor, así que me he ido. La niña se recuperará. Le ocurre lo que hasta hace poco te ocurría a ti, que recupera y pierde la conciencia continuamente. Pero aun así, ya no corre peligro. Seguro que es por el shock, las heridas y el cansancio. Ha tenido fiebre también, quizá a causa de alguna infección provocada por las uñas de aquella cosa, pero le he dado amoxicilina y le ha ido muy bien; lo peor fue al principio. Te dejo todos los medicamentos en el cajón de la mesilla. A partir de ahora, cada doce horas, ponle una inyección intramuscular profunda de 250 gramos de Rocephin en los glúteos. Las ampollas también están en el cajón, son las de un gramo. Procura que no se te rompa ninguna, al menos hasta que encontremos más. Bueno, por si no me he explicado bien antes con lo de la inyección intramuscular en los glúteos, te lo digo más llanamente: que le pinches en el culo, para que me entiendas mejor, polaco.

»Pronto estará bien, seguro.

»Patrick.»

Peter soltó la carta, temblando. Arropó a la niña tapándole las heridas, luego la besó de nuevo en la frente y acarició levemente su mejilla con el reverso de sus dedos. Bajó las escaleras. Necesitaba beber, tenía la boca pastosa y un extraño sentimiento comenzaba a apoderarse de él.

Abajo volvió a llorar con más ganas, apoyado en el marco de la puerta. La cocina estaba llena de latas de comida. Las había de todo tipo: de judías, de albóndigas, de garbanzos. La alacena también permanecía completa. Había botellas de agua, gasas, algodón, agua oxigenada...

Bebió atragantándose por el sollozo, preguntándose por qué Patrick había hecho todo aquello por ellos. Sintiéndose la persona más deplorable del planeta por no haber hecho lo mismo por él cuando tuvo la ocasión.

Tambaleante, se dirigió a la puerta. Su vecino estaba en su propiedad, acuclillado junto a la tumba del perro. Intentó llamarlo, pero no tenía voz y tosió. Solo podía emitir un gorgoteo y chasquidos con su boca y gesticular un poco con las manos, pero hasta eso le dolía.

Patrick lo vio al cabo de unos momentos. Le pareció que Peter estaba pálido, allí, apoyado en la puerta, con esfuerzo.

—Veo que estás mejor, malahierba —le dijo mientras se daba la vuelta y se dirigía a su casa—. Lo ideal sería que entrases y reposases; así quizá puedas venir a mi próxima fiesta, aunque en esta ocasión te tendrás que conformar con la actuación de Susan Boyle.

—Gra... gra... gracias —pudo decir Peter, aunque no lo suficientemente alto para que Patrick, que ya estaba cerrando su puerta, le escuchara.

Después, volvió a entrar y se sentó a los pies de la cama de la niña. La observó durante horas, como solo un padre puede observar a un hijo.

23

Sentado en el sillón de su salón y con una Budweiser fría en la mano, Patrick se hacía la misma pregunta una y otra vez.

¿Le habrías matado si no te hubieses encontrado con aquella escena de golpe? Su respuesta, para su desgracia, era que sí. Y aunque intentaba excusarse de mil maneras diferentes, sabía a ciencia cierta que lo hubiera hecho.

Si en vez de aquella cosa se hubiese encontrado a Peter en la zanja, probablemente le habría pegado un tiro. Pensar aquello le martirizaba. Él no era un asesino, y sabía que todo había sido producto del alcohol. Beber algo que no fuese cerveza le hacía perder el coco. Y en aquella ocasión lo había perdido bien.

«La culpa es tuya, no pienses que fue el alcohol. El whisky no llega solo a tu boca, alguien tiene que empinar el codo, y ese alguien eres tú, jodido loco».

¿Se alegraba por lo que les había pasado? Por supuesto que no. Él no era así, jamás lo sería. Era un loco, no una mala persona. Mató a aquella criatura porque de todos modos lo habría hecho. Pero fue ver a Ketty en el suelo y a aquel enorme ser dirigirse hacia ella lo que le incitó a disparar.

Aún podía recordar cómo la borrachera se le esfumó de golpe. Cómo el primer disparo acertó en el vientre del albino y este se giró, mirándole, como si no le hubiese impactado la bala y no tuviese la mitad de las tripas colgando o cayendo al suelo. El segundo disparo fue más efectivo: le voló el cuello —aunque estaba apuntándole al pecho—, o parte de él, y la cabeza de aquella criatura cayó de lado, quedando colgada apenas por unas finas hebras de músculo.

Hasta que salió a la calle para auxiliar a Ketty no vio a Peter, destrozado en el suelo, semidesnudo, sanguinolento y con la cara morada. Patrick, horrorizado e hipando, creyó que los dos estaban muertos, pero se equivocó. Ambos respiraban, aunque dificultosamente, y estaban graves. Los trasladó hasta la casa de Peter y allí, en ese mismo momento, comenzó con unas curas que durarían semanas.

Asqueado, tuvo que descuartizar a aquella criatura para poder retirarla de la calle. Pesaba demasiado. La quemó en el mismo descampado en que había quemado a la otra y tuvo que irse porque ésta olía incluso peor. Pensó en que quizá comenzaban a tener un problema: los albinos.

También, durante aquellas semanas, fue varias veces al pueblo, escopeta en mano y con varias pistolas, a buscar comida y medicinas. Aunque no observó nada fuera de lo normal. Pero ya les iba a ser imposible bajar la guardia: aquellas cosas podían estar en cualquier lado, y ya habían comprobado que las gélidas temperaturas no eran problema para ellos.

No se arrepentía de haber hecho lo que hizo por Peter. Al contrario, había sido una forma de compensar, en cierto modo, lo que había hecho mal en el pasado. Por la niña lo habría hecho de todos modos. Todo aquel incidente, como comprobó después, había sido producto del buen corazón y la imprudencia de la pequeña. Por las flores de plástico que quería dejar encima de la tumba de su perro. Aquella niña tan sensible no merecía haberse encontrado con un mundo lleno de sufrimiento y aislamiento o poblado de criaturas así; privada de todas las sensaciones, emociones y juegos de los que habría disfrutado si sus padres no hubiesen emprendido aquella estúpida última guerra.

Dio otro trago a la cerveza, luego la miró y arrojó la lata a un lado sin haber apurado más que la mitad. Esta se estampó contra la pared y comenzó a derramarse por el suelo.

El perro no estaba allí para lamer los charcos. Ya limpiaría después.

Salió al porche y se sentó en una piedra plana que había colocado junto a la tumba de *Doggy*. Le gustaba sentarse allí, junto a su perro, y hablar hasta que, en el horizonte, se apagaban las últimas ascuas del moribundo sol.

—Amigo mío... —dijo mirando fijamente el montículo, las violetas de plástico que recogió del suelo—, espero que te estén tratando bien en el cielo canino. Si no, ya sabes... muérdeles en el culo. Ah, y que te den cerveza, que no se les olvide... No me mires con esa cara. Si Dios te dice algo, dile que la pides en nombre de Patrick Sthendall. —Pareció recapacitar un poco y añadió—: Mejor no, te mandará al infierno, aunque allí tengo cuenta abierta. Bueno, tú sabrás.

No quería llorar; de hecho, él nunca había sido dado a llorar. Así que se levantó y volvió a su casa, abatido, imaginando que su perro seguía sus pasos, dando pequeños brincos, olisqueando el suelo, meando en la nieve o corriendo detrás de alguna rata.

Hacía frío, y aunque había amanecido raso, el cielo se encapotaba por momentos: pronto nevaría. El clima ya les había otorgado una tregua demasiado prolongada para ser invierno. A su espalda, oyó el leve chirriar de la puerta de Peter al abrirse. Luego asomó este. Sin duda ya se encontraba mejor. Vestía unos vaqueros azules y una chaqueta de pana descolorida y, aunque renqueaba, se le veía con energía.

Peter lo saludó tímidamente con la mano. Él hizo lo mismo y volvió a entrar en su casa. Aunque le habría gustado preguntarle por la niña, se abstuvo de hacerlo. No quería forzar ninguna situación. Era experto en cagarla.

Bajó al sótano y se sentó junto a la radio. Agarró el marco de madera con su flamante cristal impoluto que guardaba la foto del baile de fin de curso del 89 hecha por Billy *el Granos*. La depositó de nuevo sobre la mesa murmurando un «no estuve a la altura, Helen. Espero poder compensároslo». Después puso allí las piernas, con mejor aspecto, y agarró el micrófono.

—Alfa, beta, Charly —dijo apretando el botón y cerrando los ojos—. ¿Me recibe alguien?

La estática le contestó. Aun así, siguió probando durante un par de horas, hasta que, cansado, apagó el aparato y subió a la cocina para comer algo.

Ya arriba, pensó que no era tan mala idea lo de hacer una zanja.

24

Su hija se recuperaba lentamente. A veces le subía la fiebre hasta rozar los 40º, quizá para combatir la infección que aquellas garras le habían causado. Cuando esto sucedía, Peter, asustado, le inyectaba cefriaxona o rocephin y se sentaba junto a ella para aplicarle paños de agua fría en la frente y su en cuerpecito. Le murmuraba frases de ánimo intentando que sus palabras mostraran el mayor optimismo posible, y al final, con el paso de las semanas, todo salió bien.

Un día ella le preguntó si podía ver un capítulo de *Barrio Sésamo*. Él tuvo que subir la televisión a la segunda planta. A mitad de las escaleras creyó que lo dejaría caer, porque la espalda le torturaba y los puntos que Peter le había dado amenazaban con abrirse. Con un titánico esfuerzo consiguió subirla, aunque tuvo que pasar el resto de la jornada echado sobre la cama, presa de terribles dolores. Oír a su hija dialogar con los personajes de la serie le recompensó con creces.

Algunas noches, con el viento ululando en la calle, se sentaba en un sillón al borde de la cama y le contaba cuentos a la niña, que se aficionó tan pronto a ellos que cada noche quería escuchar uno nuevo. Peter pensó que Ketty ya tenía edad de aprender a leer y que en cuanto superara aquello se pondría a enseñarle todo lo que pudiera, matemáticas incluidas.

También le contó, no sin cierto nudo en la garganta, que Patrick les había salvado de aquella cosa horrible. Le dijo también que jamás volviese a salir del vallado si no era con él, que ya había visto las consecuencias y que tenían suerte de estar vivos. Ella en esos momentos bajaba la cabeza y gimoteaba.

—Lo siento mucho, papi —decía entre lágrimas, retorciéndose las manitas y moqueando—. Solo quería ponerle flores al perrito en su tumba.

—Lo sé, lo sé —contestaba Peter estremeciéndose y acariciándole el pelo.

Pasó otra semana y Peter le quitó los puntos a su hija, no sin que ésta llorara a lágrima viva y se retorciera como una anguila en el regazo de su padre. Después, ese mismo día, la niña comenzó a andar de nuevo. Recorría la planta de arriba lentamente, con pasos inseguros y agarrándose a los pasamanos o apoyada en las paredes, y, cansada, volvía a su habitación.

—¡Otro cuento! —pedía sonriendo, ya tapada con las mantas.

A veces le preguntaba a su padre por Patrick. Le decía que si lo veía le diera las gracias por lo que había hecho. Entonces él le contestaba que Patrick había comenzado a cavar otra zanja alrededor de su casa y que ya se las daría ella en persona cuando estuviese mejor. Ella sonrió y le pidió a su padre que la cambiase de habitación para ver si le encontraba limpiando el jardín de nieve o cavando su zanja. Peter no se opuso, pese a que aquello suponía tener que trasladar de nuevo el televisor. Le advirtió también que él se mudaría a la otra habitación porque hasta que no estuviesen mejor no era conveniente que durmieran juntos, puesto que no descansarían bien.

En una ocasión en que hacía buen día y su vecino estaba en la zanja, su padre la dejó que abriese la ventana y lo llamara para saludarlo. Patrick sonrió y le devolvió el saludo con la mano, diciéndole a voces que si era nueva en el barrio y que estaba muy guapa.

—¿Tú vas a seguir haciendo tu zanja, papi? —le preguntó una tarde mientras miraban ambos un capítulo de *Barrio Sésamo* que la niña ya se sabía de memoria.

—Bueno, ya has visto que es importante. Así que creo que debería seguir.

—Ahh, sí; tienes razón —contestó Ketty no del todo convencida.

—Pero tranquila —dijo Peter agarrándole la manita—, tú permanecerás siempre conmigo cuando esté allí, y además le dedicaré menos horas, ¿de acuerdo?

Ella asintió sonriente y le contó el sueño que tuvo una vez con la cerdita Peggy y con la rana Gustavo, que no hacía más que tropezar y caer con unas cajas que cargaba.

Cuando la niña pudo salir de casa, lo primero que hicieron fue ir a visitar a Patrick. Peter cargaba su escopeta al hombro y antes de salir había observado la calle de arriba abajo durante unos instantes. No vio nada sospechoso, a pesar de lo cual salió con el arma en la mano y no colgada del hombro.

Encontraron a Patrick en la propiedad de su vecino Kurl Stevenson, cavando en su zanja. Llevaba más de la mitad y Peter se admiró de ello en silencio. Su antiguo amigo siempre había tenido más fuerza y resistencia que él. Ya lo demostraba en las competiciones escolares desde muy temprana edad.

—¡Hola, guapa! —exclamó él al verlos venir.

Patrick salió de la zanja y se acercó al muro que los separaba. Estaba sudando y tenía toda la ropa y parte de la cara manchadas de barro porque no paraba de nevar, aunque con poca fuerza. Su escopeta descansaba apoyada contra el muro, y además Peter comprobó que bajo el anorak naranja que había sobre la pared asomaba una pistolera negra.

—¡Hola! —contestó la niña, poniéndose colorada como un tomate.

Peter saludó con una leve inclinación de cabeza. Aún le costaba asimilarlo todo. Intentar un acercamiento con Patrick después de tantos años, con lo avergonzado que se sentía por no haberlo ayudado cuando pudo, con ese odio aún latente hacia él por lo que les hizo...

Patrick le devolvió el saludo con otra inclinación. A su mente regresó durante un instante el deseo que había sentido de matarlo y el rencor que aún le guardaba por no haber recibido su ayuda cuando pudo habérsela brindado. Luego apartó a un lado todos sus pensamientos negativos y miró a Ketty, sonriendo.

—¿Y a qué debo el honor de que me visite la princesa Ketty del palacio de Oriente en persona? —preguntó haciendo una reverencia a la pequeña.

Ésta sonrió, miró a su padre desconcertada y se puso aún más roja.

—He hablado con mi papi y queremos que venga esta noche a cenar a casa… —anunció tímidamente, con ojos esquivos.

Peter estaba disfrutando de aquella situación. Nunca había visto a Ketty actuar de aquella manera y le gustaba. Parecía una buena anfitriona, y, que él recordara, jamás la habían llamado «princesa».

—Os referís sin duda a vuestro palacio —dijo Patrick enarcando las cejas y señalando con el índice la casa de los Staublosky.

La niña se giró y cuando captó la broma comenzó a reír.

—Sí, sí, a mi palacio —dijo agarrando la mano de su padre y apretándola con fuerza. Estaba nerviosa.

Patrick pareció meditarlo durante unos segundos y Ketty se temió lo peor.

—Será un placer para mí acudir a vuestra invitación, bella dama. ¿A qué hora debo estar allí?

Ketty se abrazó al muslo de su padre como un marinero borracho a un mástil en una noche de tormenta. Luego le miró a la cara y se encogió de hombros como diciendo «sácame de este apuro».

—Vamos, dile una hora —la instó Peter sacudiendo un poco la pierna.

—¡Papi, no sé a qué hora! —protestó ella, enfadada. Patrick y Peter rieron ante el ofuscamiento de la niña.

—Dile que a las ocho —le susurró su padre al oído, agachándose dolorosamente.

—¡A las ocho! —exclamó Ketty, que volvió a esconderse tras la pierna de Peter, asomando sólo sus ojitos para mirar a su vecino.

—¡Allí estaré con mis mejores galas! —respondió Patrick inclinándose otra vez a modo de reverencia.

Peter sacó de detrás de su pierna a la niña y le dijo que se despidiera. Ella pronunció un «hasta la noche» y salió corriendo hacia la casa agarrando a su padre de la mano y dando tirones.

—¡Vamos, papi, que hay que empezar a prepararlo todo!

—¡Pero si es solo la una! —exclamó Peter dando traspiés. Patrick, riendo, volvió a la zanja y continuó con la tarea.

25

Impelido por unos nervios que achacaba a la invitación a cenar, intentó afeitarse. Viendo que aquello era demasiado complicado y que acabaría con la cara llena de cortes, optó por rebajarse la barba con una tijera, y aunque el resultado no le satisfizo del todo, pudo reconocer que había quedado mejor que antes.

Llevaba años sin salir a cenar a casa de alguien. Pensó en llevar una de las pocas botellas de vino que guardaba y que había sacado hacía meses de las bodegas del Gino's, pero después desechó la idea. No iba a ligar con Peter o con la niña, y desde luego no quería acabar la noche borracho y entonando el *Oh, Carol!*

Se vistió con pantalones de pana color caqui, una camisa blanca y unos zapatos marrones sin estrenar. Todo «comprado» en las tiendas del centro de la ciudad, que siempre le habían parecido tan caras a él y tan baratas a Mónica. Encima de la camisa se puso una chaqueta oscura con forro de plumas que no encajaba con el look pijo del resto de su vestimenta.

—¡Estás hecho un pincel, chavalín! —se dijo mirándose al espejo, peinando su rebelde melena hacia un lado y adoptando varias poses, a cada cuál más ridícula.

Encendió las luces del porche. Nevaba copiosamente y el frío le caló los huesos. Echó una ojeada alrededor. Nada que le llamase la atención. Volvió a entrar, agarró la linterna y la escopeta y apagó las luces.

—*It's raining men, aleluya!* —cantaba no muy alto, dando brinquitos antes de salir de su propiedad—. *It's raining men, uoooohoooo!*

Cuando llegó a la puerta, guardó silencio y quitó el candado. Con el arma a media altura, volvió a controlar con la mirada toda la calle. Carretera arriba, carretera abajo. Nada.

Después, echó el cerrojo y puso el enorme candado amarillo. Cruzó la calle corriendo y, situándose en la puerta de Peter, gritó poniendo sus manos a modo de pantalla:

—¡Ding dong!, ¡ding dong!

Su reloj electrónico marcó las ocho en punto con dos «tic tic» y la pantalla se iluminó brevemente. La puerta de su vecino se abrió con su característico rechinar y un cuchillo de luz penetró en el jardín casi hasta donde permanecía él. En la entrada estaban Peter y Ketty. El hombre bajó cojeando levemente las escaleras del porche con la llave ya preparada y le franqueó el paso. La niña aguardó bajo el porche con las manos entrelazadas.

—Espero ser puntual —dijo Patrick con tono jovial.

—Lo eres —contestó el otro cerrando de nuevo la puerta con candado.

Peter dio unos brinquitos hasta llegar al porche y volvió a inclinarse ante la niña. Ketty hizo una leve reverencia alzando un poco la faldita negra de su vestido y cruzando un pie detrás de ella, como las damas y señoritas de alta alcurnia hacían antiguamente. Habría resultado gracioso si Patrick no hubiera visto las heridas que cicatrizaban en la piel de la niña.

—Mis saludos, princesa —le dijo recomponiéndose y sonriendo cual galán televisivo.

—Saludos, caballero —contestó la niña mirando a su padre en busca de aprobación.

Patrick pensó que debían de haber pasado una tarde muy entretenida y que Peter le habría enseñado cómo responderle para quedar bien, y quizá alguna que otra sorpresita más.

—Pasa, Sthendall —dijo Peter intentando que su tono de voz fuese neutro.

—¡Volando! —dijo este agarrando a la niña de la manita y entrando con ella—. Veo que estás totalmente recuperada, princesa Ketty. Tienes mucha fuerza en la manita.

La niña rió. No se acostumbraba a ser tratada de alteza y bajo la tenue luz eléctrica volvió a sonrojarse entera, aunque parecía más resuelta que en su encuentro anterior.

—Bueno, me duele la espalda a veces —dijo tras meditarlo un poco—, pero no como al principio. Papi dice que pronto estaré totalmente bien.

—Y mucha razón tiene —contestó él inclinándose un poco para ponerse a su altura—. Y ahora dime: ¿Has cocinado tú, princesa?

Ella asintió con ganas, y lo hizo porque le había pasado a su padre un par de latas de judías de la alacena para que las calentase. Peter indicó a su invitado que agarrase uno de los dos sillones orejeros y se sentara junto a la lumbre con la niña mientras él acababa de preparar la cena.

—¿Puedo ayudarte en algo? —le preguntó Patrick.

Peter contestó desde la cocina. Allí la luz, pálida, iluminaba incluso menos que en el salón. No le quedaba mucha batería a la instalación.

—Creo que ya tienen trabajo para ti —indicó.

Ketty corría hacia él con un enorme libro, en cuya portada se leía *Cuentos infantiles de ayer y hoy* y aparecían dibujados los personajes de muchos cuentos populares: Caperucita, Blancanieves, Pinocho, etc. La niña se lo puso encima y Patrick fingió que no podía con él.

—¡Cómo pesa! —exclamó haciendo como si se limpiase el sudor de la frente.

—¿Cuál es tu favorito? —le preguntó Ketty con los ojos como platos y una sonrisa de oreja a oreja—. El mío es el de Caperucita roja —dijo sin dejarle contestar—. Yo quiero ser como ella.

—Pues el mío... el mío es... ¡Juan sin miedo!

La niña arrugó el entrecejo y buscó con la mirada a su padre. Este se encontraba de espaldas rebuscando algo entre unos cajones.

—No sé cuál es ese —dijo la pequeña después, encogiéndose de hombros.

Peter salió momentáneamente de la cocina con un par de vasos de vino y le pasó uno a Patrick, que lo agradeció con un gesto. Tras probarlo, se dijo que habría sido mejor traer el que guardaba en su casa.

—A ese todavía no hemos llegado, hija —dijo Peter tras dar un pequeño sorbo y dejar el vaso encima de la mesa—. Es muy bonito, aunque da un poco de miedo, ya lo verás.

—Ahhh —dijo la niña con la boca abierta y volviendo a encoger los hombros—. ¡Pues yo quiero que me lo leas!

Patrick y Peter rieron al unísono. La impulsividad de la niña a veces les resultaba encantadora.

—Ahora no es momento, Ketty —contestó su padre echando unos troncos a la hoguera y removiendo las brasas. Un leve rictus de dolor se dibujó en sus labios—. Patrick ha venido a cenar. Después te leo yo el cuento en la cama cuando nos vayamos a dormir.

—No, si no me importa —dijo Patrick sintiéndose estúpidamente tímido ante Peter. Aquel hombre que había sido amigo de toda la vida. Aquel con el que las confianzas habían llegado a tal punto que ambos podían lanzar expresiones entre ellos tales como: «Polaco, no veas cómo la chupa tu madre» o «Sthendall, la tuya lo prefiere por el culo».

—Como quieras —dijo Peter, volviendo a la cocina y haciendo un mohín con el labio—. Luego le tendrás que leer todo el libro —añadió encogiéndose de hombros.

—¡Sí! —exclamó Ketty dando un salto y sentándose en el regazo de su invitado—. ¡Empieza, empieza!

Patrick no pudo contener la emoción: llevaba más de un año sin sentir contacto humano alguno. Y aquella niña parecía profesarle un cariño especial aun sin haber cruzado con ella más que unas sonrisas y unas cuantas frases sueltas. Creyó ques e le notaría en la voz la emoción, así que carraspeó, hizo como que tosía y comenzó a narrar el cuento ante la mirada expectante de Ketty, que alternaba las expresiones de horror con las de alegría por segundos.

—¡Guauuuu! —exclamó la niña cuando Patrick concluyó con un «colorín, colorado, este cuento se ha acabado»—. ¡Papi, papi, ese va a pasar a ser mi cuento favorito a partir de ahora!

¡Juan sin miedo, yujuuuu!

De nuevo el salón se llenó de risas ante la mirada extrañada de Ketty, que no entendía por qué los adultos se reían a veces cuando ella decía cosas serias.

—A comer —anunció Peter cuando la mesa estuvo servida y los platos humeantes desprendían un olor sabroso. Patrick dejó el libro en el sillón y le retiró la silla a la niña para que se sentase, continuando el teatro de caballero galán.

Y los tres, extrañados ante esta nueva situación, se sentaron junto a la lumbre a dar buena cuenta de la parca cena.

Una hora después, la niña dormitaba en el sillón, junto al fuego. Su padre la había arropado con una mantita y la pequeña agarraba entre sus manos el libro de cuentos. Patrick la observaba en silencio, con el corazón en un puño, pensando que nunca había visto nada tan bonito, tan inocente. Nada que le hiciese recordar con tanta certeza que un día hubo un mundo mejor.

—Es preciosa —le dijo a Peter—. Incluso emana esperanzas.

Él también la contemplaba absorto, dando pequeños sorbos a su copa.

—Me recuerda a su madre —contestó—. Ha heredado la belleza de ella; de mí, solo la cabezonería.

Patrick no supo cómo tomarse aquel comentario y se removió incómodo en el asiento. Dio un trago al vino y se reclinó en el sillón.

—Siempre quise pedirte perdón —dijo reuniendo valor—. Bueno, pediros perdón a los dos. Ella confió en mí y yo os defraudé. Es algo que me corroía por dentro y que me ha impedido tener paz desde entonces. De entre las cagadas más grandes que Patrick Sthendall haya cometido en su vida, esta sin duda es la peor. Y he cometido muchas cagadas.

Peter se inclinó hacia delante y arrojó más leña al fuego. Luego se llevó la mano a la espalda, allí donde más le dolía el cuerpo.

Allí estaban dos hombres que habían sido grandes amigos y a los que el destino había separado. Dos antiguos amigos con los que el destino había jugado tanto que había convertido sus vidas en cadáveres agujereados por los gusarapos justo al borde del fin del mundo.

—Ahora eso ya no sirve de nada, déjalo.

—Lo sé —contestó Patrick bajando la cabeza—. De verdad que lo sé. Es solo que siempre fui un estúpido descabezado, ya me conoces, ¿eh, polaco?

Peter permaneció en silencio, con las llamas reflejándose en sus ojos, mirando más allá de la candela y perdiéndose entre los recuerdos.

—¿Sabes? —dijo después de unos minutos—. Creo que te odio y te estoy agradecido a partes iguales. Es algo complicado y que jamás habría pedido. En cierto modo me quitaste algo muy importante, pero también me has devuelto otra cosa igual de valiosa, incluso más. Helen jamás volvió a ser la misma después de estar contigo. Algo elemental se quebró entre nosotros, y no me refiero sólo a la confianza. Una mujer, cuando es infiel, no lo es únicamente por sexo. Y aunque me joda decírtelo, no solo la culpo a ella. Yo tuve gran parte de culpa, casi que la arrojé a los brazos de alguien… La pena es que ese alguien fuiste tú.

—Lo siento —dijo Patrick con toda la sinceridad del mundo.

—Malditas *happy bags* —espetó Peter.

—Piensa que gracias a las bolsas reciclables *happy bags* el mundo será un lugar mejor para vivir el día de mañana —dijo Patrick recordando el eslogan de su antigua empresa.

Ambos volvieron a reír amargamente en aquella noche de concesiones y confesiones. Después, volvió a instalarse un silencio incómodo entre ellos, roto en ocasiones por los gemidos de Ketty, que se revolvía en sueños, o el crepitar de las llamas.

—Yo también siento lo de tu perro, debí hacer algo. No sé qué pasa por mi maldita cabeza a veces. Hay prioridades que deben estar por encima de odios y rencillas.

En esta ocasión fue Sthendall quien calló.

—Debí ser mejor persona, dejar a un lado nuestras diferencias —continuó con voz débil—. Como tú hiciste cuando nos salvaste a mí y a la niña. Ketty no me lo perdonó… Parecía tenerle mucho aprecio a tu perro. ¿Sabes? Ketty lo es todo para mí, y por eso jamás podré pagarte lo que has hecho, aun teniendo presente el pasado.

Patrick asintió. Fuera, el viento rugía embravecido y se colaba por la chimenea avivando el fuego e inclinando las llamas. La nieve, ajena a esta escena entre viejos amigos, arreciaba de nuevo rompiendo la tregua que les había dado.

—¿Crees que podremos empezar de cero?

—No —contestó Peter con franqueza—. No lo creo, pero quizá no sea tan malo volver a relacionarnos.

Patrick asintió otra vez: no podía esperar otra respuesta, pero levantó su copa y dijo:

—Entonces, por una nueva etapa.

—Por una nueva etapa —convino Peter con un atisbo de sonrisa en sus labios y la mirada melancólica.

Después, la conversación tomó otros derroteros y hablaron sobre albinos, zanjas, placas solares, baterías y comida. A las tres de la madrugada Patrick dio un beso a la niña en la frente y salió hacia su casa con la escopeta en alto. El frío no le perdonó y el viento, vehemente, levantó las solapas de su chaqueta y se le coló por el cogote provocándole un escalofrío. La nieve le cubrió el pelo y la barba, transformándolo momentáneamente en un consumido Papá Noel. Peter le siguió con la mirada, portando también su escopeta por si era necesario ayudar a Patrick. Cuando éste entró en su propiedad, Peter cerró su puerta y cargó con la niña hasta su habitación.

La emoción les embargaba, aunque ninguno lo habría reconocido.

26

Durante las semanas siguientes Patrick continuó cavando su zanja hasta que la terminó. Había colocado una puerta de pasarela para salir de su propiedad a la calle y cuando entraba la retiraba, de modo que su casa se había convertido en una especie de fortín.

Su vecino intentó terminar su zanja pero no pudo. No se encontraba totalmente recuperado y la espalda le torturaba, así que durante el día, y cuando no nevaba mucho, él y la niña cruzaban la calle y se sentaban junto a Patrick para observarle trabajar y charlar con él. Fue así como Ketty le presentó a sus amigas Cindy y Pindi, a las que Sthendall besó y agradeció su presencia allí.

—No todos los días tiene uno la oportunidad de estar rodeado de tres preciosas rubias —dijo éste con tono adulador.

Varias veces visitaron la ciudad para proveerse de comida. También «adquirieron a muy buen precio», como le gustaba decir a Patrick, un par de placas fotovoltaicas y otro par de baterías, que colocaron entre ambos en sus respectivos tejados ayudándose mutuamente bajo la mirada preocupada de Ketty, Cindy y Pindi.

Peter, sin entrar en detalles y con gesto grave, instó a Sthendall a que pusiera una malla fina de alambre cubriendo su propiedad por arriba para cerrarla por completo y evitar ataques por ese flanco. Patrick fingió que no veía la humedad en los ojos de Peter y aseguró que era muy buena idea, que siempre había tenido previsto hacerlo aunque nunca se le había presentado la oportunidad.

Fue así como día tras día mejoraron la autonomía y perfeccionaron la protección que les otorgaban sus hogares. Las zanjas habían dado una altura extra a sus cercados y las baterías de reserva les proporcionaban la tranquilidad de no verse desprovistos de luz en mitad de la noche.

Entonces se replantearon la opción del invernadero. Peter comentó que aquello era difícil y que tendrían que implantar el tipo de cultivo que por aquella zona de Maine se denominaba «de los cien días», que era el tiempo que se tardaba en sembrar, cuidar y recolectar los frutos. Patrick contestó que lo sabía, puesto que leía más que él y tenía genes de agricultor; de hecho varios antepasados suyos habían dedicado toda su vida al oficio de labrar las tierras —algunos incluso se llamaban Jebediah— y habían ganado bastantes premios en las ferias locales de su época.

Una mañana en que el cielo estaba encapotado pero aún no nevaba, ambos se encaminaron, con la niña en medio, al Tools market. Planeaban recoger los útiles necesarios para comenzar a construir un par de invernaderos con cubierta de hormigón, un aspecto que también discutieron porque Peter no estaba de acuerdo en que este tipo de invernadero fuese la opción más acertada, pero Patrick le demostró que así era mejor.

Como siempre, se mantenían atentos a cualquier ruido o movimiento extraño. Charlaban, cada uno mirando hacia un lado y evitando concentrarse demasiado en la conversación para no descuidar la vigilancia. La ciudad, impasible y silenciosa, les invitaba a adentrarse en su dédalo blanco de calles, plazas y callejuelas.

—Si me hubieran dicho hace cinco años que ocurriría una cosa así, me habría meado de la risa —comentó Patrick con tono melancólico.

Ketty rió; no estaba acostumbrada a oír la palabra «mear», pero con su vecino era imposible no oírla cada dos por tres. Su padre le había advertido que Patrick era muy mal hablado y que no aprendiese ninguna de las palabras malsonantes que este pudiera decir o exclamar.

—A mí no me habría extrañado tanto —contestó Peter, sujetando el arma como si de una prolongación de su brazo se tratase—. El mundo era una bomba de relojería a punto de estallar. Después de la Segunda Guerra Mundial y durante la Guerra Fría era lo que más se temía, pero el peligro no pasó con la caída de la Unión Soviética, sino que siempre estuvo ahí, latente pero despierto. Al fin y al cabo la paz es más frágil que la guerra.

—Ya —dijo Patrick recorriendo con la mirada las ventanas oscuras de los edificios que los rodeaban—. Supongo que te refieres a que los de Al Qaeda siempre estaban ahí para atentar y cosas así, ¿no?

Ketty comenzó a dar saltitos, impulsada por la fuerza de ambos hombres, y a canturrear en voz baja una canción de su serie favorita.

—No es solo eso —continuó Peter, al que se le veía ducho en esos temas—. Los medios de comunicación estaban politizados y corrían un tupido velo, pero había muchos conflictos abiertos en el mundo que habrían podido provocar una Tercera Guerra Mundial, y lo curioso es que nosotros estábamos metidos en casi todos los berenjenales. Como la ocupación de Irak o Afganistán por nuestro país, que tenía recelosas a las demás potencias islámicas, y tampoco es que dijera mucho a nuestro favor que engañásemos a la población mundial con lo de las armas de destrucción masiva del régimen de Sadam. Otro conflicto que pudo haberla provocado fue la disputa que mantenían la India y Pakistán por la región de Cachemira. O los problemas entre Taiwán y China. Y nosotros siempre ahí, creando polémica y diciendo a los demás lo que tenían que hacer con sus conflictos. La tensión entre Israel e Irán, Líbano, Palestina, Hezbolá y Hamás entre otros. Todos, o casi todos, como se demostró, tenían armamento nuclear e hicieron uso de él. Yo qué sé, tío. Incluso un enfrentamiento entre Corea del Norte y Corea del Sur habría podido acabar en otra guerra mundial.

—No jodas, vaya con los amarillos —dijo Patrick, deteniéndose brevemente.

—Ha dicho una palabrota —rió Ketty.

—¿Quieres que siga? —preguntó Peter curvando sus labios—. Hay más. Lo de Rusia y la OTAN por Georgia y Ucrania. Una posible invasión a Colombia por parte de Venezuela para atacar las bases que teníamos allí... Chávez estaba majareta, cualquier arrebato de ese hombre habría bastado para que nuestros aliados y nuestras bases sufrieran un ataque. Si incluso un roce de palabras entre el presidente de Venezuela, el de España y el rey de ese país provocó una crisis política entre ambos países.

—¡Madre mía! —exclamó Sthendall—. Lo raro es que la guerra no estallase antes.

—Supongo que los dirigentes políticos sabían lo que ocurriría si sucedía... como al final habrán comprobado, si es que alguno ha sobrevivido.

—¡Malditos políticos! —prorrumpió su amigo—. ¡Malditos islamistas fanáticos religiosos! Me afianzo más en mi idea de que el ser humano es una raza estúpida. Por cierto, ¿dónde coño está Georgia?

Peter rió y asintió mientras levantaba un poco a la niña, que había tropezado y caído al suelo sin hacerse daño.

—Pero no solo son los fanáticos religiosos los locos o imprudentes. ¿No recuerdas que Francia le vendió un reactor nuclear y armamento a Irak? Jacques Chirac parecía muy amigo de Sadam Hussein, y si no fuese por los ataques de Israel a Bagdad, el escenario de la Tercera Guerra Mundial habría sido otro. Muchos países desarrollados vendían armamento a países en desarrollo, y nuestro país no se salvaba de ello.

—Joder, tío, pareces una puta enciclopedia —contestó Sthendall.

Peter pensó en recriminar a Patrick por su lenguaje, pero después se dijo que la niña no sabía lo que significaba «puta» y él no se lo iba a aclarar. Aún no, desde luego.

—Antes no me perdía un telediario —bromeó.

Después, meditaron en silencio hasta que llegaron a la calle Finbon. A Patrick le recorrió todo el cuerpo un escalofrío al recordar a los seres albinos que le habían atacado allí y extremó la vigilancia sin encontrar nada sospechoso. Ningún sentido le decía que allí hubiese algo más que ellos. Pero no debía fiarse de nada. La puerta del Toolsmarket seguía abierta y dentro todo estaba patas arriba. Sthendall entró primero, con su arma en alto, y comprobó el terreno. Nada. Observó las herramientas esparcidas por el suelo, las estanterías y mostradores rotos, la caja registradora vacía, estampada contra la parte trasera del escaparate y abierta como si hubiese querido lanzar un último grito agónico...

—Entrad —indicó entonces haciendo un gesto con la mano.

Peter y Patrick comenzaron a recoger los útiles, rebuscando con los gruesos guantes puestos entre el batiburrillo de herramientas y cristales. Cada vez que uno encontraba algo necesario, lo tachaba en la lista que habían hecho antes de salir.

Ketty permanecía cerca de la puerta; su padre no quería que pisase por allí, ya que corría riesgo de cortarse o caerse. La niña, que estaba aburrida, disimuladamente y en un descuido de los dos hombres se acercó hasta la puerta y asomó la cabeza. Vio algo y retrocedió un paso, mirando a su progenitor.

—Papi —dijo sorprendida—. Al final de la calle hay una mujer. Patrick levantó la cabeza con los ojos abiertos como platos. Peter dejó caer varias llaves que tenía en la mano y que al golpear contra el suelo formaron un pequeño alboroto. Ambos corrieron hacia la puerta chocando entre sí y saliendo presurosos a la calle.

En efecto: al final de la calle había una mujer.

27

La mujer caminaba aterida de frío y aletargada. Sus botas se hundían en la nieve hasta los tobillos y ella, cabizbaja, no veía otra cosa que un imaginario y caprichoso camino de baldosas amarillas.

Sentía sus miembros rígidos, aunque hacía rato que habían dejado de dolerle. Tenía el pelo apelmazado contra su frente, la cara helada, con los mocos congelados, y la boca seca y pastosa. Sufría, sin percatarse de ello, los síntomas de una hipotermia. Llevaba las manos metidas en su abrigo negro de plumas, el cual, al igual que sus vaqueros, había pasado ya sus mejores años.

No sabía cuántas horas llevaba huyendo, pero ya había dejado de mirar atrás. La oscuridad de la noche había sido sustituida por la pálida luz de un día nublado que prometía nieve. De vez en cuando notaba su cara húmeda y más fría debido al llanto, pero no era consciente de estar llorando. Simplemente las lágrimas estaban ahí y a veces tardaban en dejar de estar ahí.

Tenía recuerdos vagos de sus últimas horas caminando. Sabía que había cruzado el Penobscot por el puente de Joshua Chamberlain hasta entrar en Bangor y que había pasado por muchas calles de la ciudad durante su deambular, pero no recordaba nombres, solo edificios vistosos, como la iglesia baptista, con su afilada aguja hiriendo las nubes, o el hospital veterinario, con su peculiar arquitectura.

No buscaba ayuda, no buscaba a nadie, porque era inútil. Había momentos en los que se sentía débil y el frío le atenazaba las piernas hasta hacerla caer al suelo. Entonces, semienterrada en la nieve, recordaba la atrocidad que había contemplado la noche anterior, se ponía a gritar y con un colosal esfuerzo se levantaba. Miraba a su alrededor embargada por el pánico y volvía a caminar guiada por la brújula de su mente. Una mente que hacía horas que navegaba a la deriva.

Chasqueó los labios quemados. Tenía sed, era una necesidad acuciante. Sin pensarlo dos veces, se llevó nieve a la boca. Aquello le dolió, su garganta pareció arderle y gimió arrojando la que aún tenía en la mano sin haber saciado su sed.

Comenzó a hablar sola. Sus caóticos pensamientos no iban en consonancia con las incoherencias y balbuceos que salían por su boca.

En un momento dado se adentró en una calle estrecha con árboles secos a ambos lados. Apenas llevaba dados unos cuantos pasos cuando en la distancia le pareció distinguir a una figura pequeña asomándose por la puerta de un establecimiento. Una niña con un anorak rosa. Pensó que no era real, que la debilidad le provocaba visiones, y el hecho de que la niña desapareciese de pronto de su vista pareció corroborar la hipótesis de un gélido espejismo.

Se quedó clavada en el cruce de calles, tiritando, abrazándose a sí misma. Segundos después oyó un estruendo metálico y dos hombres salieron del local corriendo hacia ella. Uno se detuvo y agarró de la mano a la niña. Al no poder mantener ella el ritmo, la cogió en brazos y reemprendió la marcha. El otro corría hacia ella gritando algo ininteligible. Ambos iban armados.

Ella huyó por entre las calles sin mirar atrás. Como hizo la madrugada anterior.

28

—¡Espere —gritó Patrick a la mujer—, no queremos hacerle daño! Peter corría detrás de él, pero no podía mantener su ritmo. Miró atrás y lo vio parado con la niña, echándose las manos a la espalda y haciéndole señas para que continuase sin ellos.

—¡Esperaos aquí, ahora vuelvo! —les gritó haciéndoles gestos. Al llegar al final de la calle, giró hacia su derecha y vio a la mujer pocos metros por delante de él. Intentaba correr, pero no podía. Sus movimientos no eran coordinados y en un momento dado cayó al suelo. Cuando la alcanzó, ella intentó defenderse, y su expresión era de puro terror.

—¡No! —exclamó dando débiles manotazos—. ¡No, por favor! Patrick arrojó el arma a un lado e intentó ayudarla a incorporarse, aunque ella se zafó con las pocas fuerzas que le quedaban, arañó al hombre en la cara y, tumbada, le pateó el estómago. Pero pronto se rindió y tapó su cara con ambas manos. Su llanto era estremecedor. Sthendall, dolorido, no supo muy bien cómo actuar.

—Vamos, señora, solo queremos ayudarla —le dijo Patrick, consternado por la emoción y pensando que nunca había tenido tacto con las mujeres en estado de shock—. Por favor, deje que la llevemos a casa, está congelada.

—¡No!, ¡no!, ¡no! —gritó ella, quiso arrastrarse, pero no pudo.

Patrick se quitó el anorak, incorporó a la mujer, que ahora parecía sumida en un estado absoluto de debilidad y le dejaba hacer como si de un bebé se tratase, le echó por encima el abrigo e intentó calentarle las manos durante unos momentos.

—Venga conmigo, por favor —le suplicó, tratando de que su voz no reflejase la preocupación que empezaba a sentir—. La llevaremos a un lugar seguro y haremos fuego, e incluso podremos ver la última película de *Scary movie* si quiere.

Ella negó con la cabeza gacha, pero no se resistió cuando Patrick echó un brazo por sus hombros y la incitó a caminar. Los pasos irregulares y la descoordinación de sus demás miembros corroboraron el rápido diagnóstico de Patrick.

Cuando Peter y la niña los vieron llegar, avanzaron hacia ellos. Sthendall negó con la cabeza ante la mirada inquisitoria de su amigo.

—Creo que tiene hipotermia y agotamiento —dijo con la mujer colgando sobre su costado—. Debemos secarla y hacerla entrar en calor urgentemente. ¿Preparado para una carrera, polaco?

Peter asintió y desistieron de llevar las herramientas y útiles necesarios para el invernadero, dejándolo para otra ocasión. Abandonaron la calle Finbon a buen paso y se dirigieron al extrarradio.

Patrick cargó con la mujer a hombros y Ketty, preocupada, le dio la mano e intentó serenar a aquella criatura, que, con los ojos cerrados, no paraba de gemir y golpear sin fuerza la espalda de Sthendall. Peter, con la escopeta a media altura, vigilaba atento a un posible ataque. La presencia de aquella mujer podía no ser la única por los alrededores. Sin duda, la mujer huía de algo, y él suponía perfectamente de qué podía tratarse.

En el ambiente comenzaba a respirarse algo maligno, algo putrefacto.

Decidieron llevarla a casa de Patrick porque en aquellos momentos era la más segura, y hasta allí llegaron sin ningún tipo de percance. Entre los dos hombres acercaron un sofá de tres plazas a la chimenea y Sthendall bajó al sótano a por leña mientras Peter corría a su casa a buscar ropa de Helen para así poder quitarle la que llevaba, que estaba mojada. Ketty se quedó con ella, acariciándole el pelo y diciéndole que se pondría buena, que la iban a cuidar muy bien.

Entre los dos hombres desnudaron a la mujer, arrojando a un lado la pesada ropa mojada. La mujer era joven, de entre veinticinco y treinta años. Su vestimenta ocultaba un cuerpo delgado, de costillas y caderas marcadas, aunque bien formado. Los dos amigos no pudieron evitar sentir atracción por aquel maniquí de hermosos pechos. Ni tampoco pudieron apartar la vista de aquel sexo con escaso y oscuro vello. Fueron sólo segundos, pero ambos sintieron la salvaje, primigenia y vergonzosa sensación de querer penetrarla.

Sus miradas se cruzaron, cargadas de culpa, sabiendo que habían pensado en lo mismo.

Le pusieron el pijama de lana que Helen solía usar para dormir en las frías noches de invierno. El pijama que Peter llamaba «el hoy no me toca» porque el hecho de que su mujer se lo pusiera solía significar que esa noche no tendrían sexo.

—Papi —dijo Ketty—, ¿se pondrá bien?

Peter asintió y con un fuelle intentó avivar las llamas más rápidamente. Su cerebro se encontraba a merced de la marea en la tormenta de sus pensamientos. La presencia de aquella mujer allí suscitaba tantas cuestiones, tantas esperanzas…

—¿Tienes un termómetro? —le preguntó a Patrick—. Tenemos que controlar su temperatura.

Este, sin decir nada, rebuscó en los cajones del mueble bar de madera. No encontró lo que buscaba y subió las escaleras hasta la segunda planta. Al momento volvió con uno de color blanco, metido en un cilindro alargado y transparente.

—Y de mercurio, como los de antes —contestó con un atisbo de sonrisa.

Cuando Peter tomó la temperatura y vio que marcaba 35'5º, comenzó a preocuparse en serio. Aquello no iba nada bien.

—¿Tienes una manta eléctrica? —preguntó nervioso a Sthendall.

Este negó con la cabeza y maldijo en alto. Patrick se atusó los cabellos una y otra vez. Cada segundo resultaba tan valioso como peligroso.

—Mierda. En ese caso —le instó, tras meditar— trae una manta que conserve bien el calor; si es nórdica, mucho mejor. Su amigo fue a buscarla. Mientras, él se quitó la ropa hasta que se quedó en calzoncillos. Agarró la manta que le alargó Patrick y se echó junto a la mujer en el sofá, abrazándola y pegando su cara a la de ella.

—Tranquila, se pondrá bien —le dijo, sintiendo su piel fría y rogando por poder transmitirle el máximo calor corporal posible—. Pronto entrará en calor.

La niña agarró una silla y se sentó junto a ellos con expresión preocupada.

—Papi, ¿se va a morir? —preguntó a punto de comenzar a llorar.

—No, hija, tranquila. Es solo que está un poco enferma. No te preocupes —mintió. Había buscado el pulso a la mujer y no lo había encontrado. Tras esforzarse un poco más, lo detectó: era débil e irregular. Bajo las sábanas, levantó el pijama de la mujer y comenzó a darle friegas por el pecho y la barriga, intentando subirle la temperatura antes de que fuese demasiado tarde.

—¿Qué hago? —preguntó Patrick con impotencia, consciente de la situación.

—Coge nieve y caliéntala en el fuego, y después echa el agua en botellas de plástico para que las metamos bajo la manta —contestó Peter sin dejar de aplicar fricciones a la mujer—. También le daremos de beber un poco cuando recupere la consciencia, ¡rápido!

Patrick salió lanzado al jardín. Se percató de que comenzaba a nevar de nuevo, con fuerza. Cogió nieve y al levantarse supo que algo no iba bien. Miró a un lado de la calle y después a otro. No pudo ver nada sospechoso, pero el ambiente estaba enrarecido, lo notaba.

Volvió al interior con cierta desazón.

Media hora después el peligro parecía haber pasado. Los latidos de la mujer se estabilizaron, haciéndose más regulares y fuertes. El calor del cuerpo de Peter y el de la lumbre surtieron efecto en la mujer, que comenzó a perder la palidez y a tiznar sus mejillas de un tenue color rosáceo. Aun así, no dejaron de cambiar el agua de las botellas para mantenerla en calor.

—Ketty —dijo Patrick al cabo de un rato—, acompáñame a coger leña al sótano.

Peter asintió ante la mirada de su hija. Estaba siendo un día con demasiadas emociones para ella, y salir de allí, aunque sólo fuese un rato, le vendría bien.

La niña siguió a su vecino y bajaron al sótano. Patrick fue a la leñera, pero la niña había visto algo que había llamado poderosamente su atención: una fotografía.

Sthendall se acercó a ella por detrás.

—Somos tu padre, tu madre y yo, de jóvenes.

—¿Ella es mi mami? —preguntó—. ¿Tú eras amigo de mi mami?

—Sí —contestó él—. Muy amigos. Ella era muy guapa, y te quería mucho.

—Eso me dice papi. ¿Cuándo volverá ella?

Patrick agarró la foto. Se había metido en terreno pantanoso. Encendió la radio y le dijo:

—¿Has visto lo que tengo?

—¿Qué es?, ¿qué es? —preguntó ella con nerviosismo.

—Bueno… es un comunicador interespacial.

—¿Y eso para qué sirve? —dijo ella frunciendo el ceño y arrugando la boca.

—Pues para hablar con gente de cualquier planeta.

—¿Sí? —preguntó la niña con la boca abierta y los ojos como platos—. ¿Y puedo hablar con Peggy y con la rana Gustavo?

—Claro —contestó Patrick riendo—. Sólo tienes que pulsar aquí y ellos te oirán.

—A ver… —dijo la niña pulsando—. Peggy, ¿me escuchas? Patrick se retiró y comenzó a coger brazadas de leña. Cuando terminó, se acercó a la niña.

—¿Vamos arriba?

—¡No han respondido! —dijo ella enfadada, cruzando sus pequeños brazos.

—En otra ocasión será, hay que insistir más.

Y los dos subieron juntos. Patrick echó más leña al fuego y Ketty se acercó a la mujer y la miró embobada.

En un momento dado, la mujer despertó, frágil, a pesar de lo cual consiguieron que tragase algo de agua. Después volvió a perder la consciencia, o se durmió profundamente. No tenían modo de averiguarlo.

Peter contempló cómo la niña acariciaba los cabellos a la enferma y, hablándole de manera dulce, parecía velar sus sueños. Se le encogió el corazón: aquella mujer representaba una gran esperanza para todos, pero sobre todo para la niña.

—¿Tienes algo de sopa? —preguntó a Sthendall mientras se abrochaba la camisa y se la metía por dentro de los pantalones.

—Sí, ahora mismo la preparo —anunció el otro dirigiéndose a la cocina—. Bueno, como creo que es mejor que permanezcamos todos aquí con ella, prepararé el almuerzo para todos. Estoy seguro de que cuando despierte la última cara que deseará ver será la del tipo que quería hacerle un placaje. ¿Qué opinas?

Peter asintió y volvió junto a su hija y la desconocida. Agarró una de las sillas y se sentó cerca de ellas. Ketty le estaba contando —a su pueril manera— el cuento de Juan sin miedo.

—Papi, está mejor, ¿a que sí? —preguntó la niña cuando terminó, levantando la vista y rogándole con los ojos que la contestación fuese positiva.

—Sí, ya te dije que se curaría —respondió Peter acompañando las palabras con un movimiento de su cabeza—. Además, la estás cuidando muy bien, así que pronto despertará y querrá que le cuentes más cuentos.

Después se levantó de nuevo, revolvió un poco el cabello de Ketty y fue a la cocina, no sin antes tomar la temperatura a la enferma y comprobar satisfactoriamente que había subido un grado. Ya estaba fuera de peligro.

—¿Te dijo algo cuando la alcanzaste? —le preguntó a Patrick en voz baja.

—No, sólo gritaba y me pedía que por favor la dejase. Estaba en estado de shock.

Peter se apoyó en un mueble de la cocina, mirando el desorden que reinaba en ella pero sin parecer dar importancia al hecho. Después aventuró:

—No parece de por aquí, pero si ha llegado hasta Bangor caminando no debía de estar muy lejos. ¿Qué crees que le habrá ocurrido?

Su amigo lo miró fijamente. En su rostro aún había rastros de preocupación. Se encogió de hombros.

—Nada bueno, por el estado en que se encuentra —conjeturó—. Supongo que nos lo explicará cuando se recupere. También presupones demasiado. No hay razón para que descartemos la posibilidad de que haya llegado hasta aquí en coche y lo abandonase por cualquier motivo. Pero creo que, de todos modos, huía de algo.

—¿De nuestros amigos? —ironizó Peter sintiendo a la vez temor.

—No me extrañaría que hubiese más de esas cosas por ahí —expuso Sthendall agarrando un cucharón de madera para remover la sopa y suspirando con resignación—. Quizá todo el puto mundo esté lleno de esa especie rara de zombis y hayamos dejado de ser la especie predominante para convertirnos en el plato especial de la casa...

—Esa mujer... ha estado a punto de morir —dijo Peter, estremeciéndose.

—Lo sé. —Patrick puso una mano en el hombro de su amigo y la apretó con fuerza—. Supongo que la guerra no ha querido olvidarnos del todo. De cualquier manera, lo has hecho muy bien.

—Dios, qué mundo este.

—Creo que en esta ocasión Dios no está en nuestro bando

—concluyó Sthendall.

Peter se dirigió al salón. Apoyado en el marco de la puerta, se volvió y, titubeando, preguntó a Patrick:

—¿Estaremos seguros aquí? Me refiero a que la ciudad parece estar dejando de ser un lugar exento de peligro.

Sthendall llenó otro cazo con agua. La pregunta no podía ser tomada a la ligera, así que respondió después de meditar unos segundos y rebuscar dentro de lo más hondo de su ser.

—¿Lo estaremos fuera? Quién puede saber con seguridad lo que nos encontraremos si cruzamos la carretera que separa Bangor del resto del mundo. Hace mucho que dejamos de recibir información del exterior y las últimas noticias eran pesimistas. Bueno, decir pesimistas es usar un eufemismo demasiado generoso, y tú lo sabes, polaco. Las últimas noticias eran que el mundo se acababa, que los virus y criaturas que habíamos soltado por el planeta habían sido nuestra condena. Pero nadie mejor que tú conoce en carne propia que el peligro está ahí fuera. Bastante suerte hemos tenido durante este último año. Tampoco es que hubiese mucha esperanza, y por eso durante las evacuaciones no me moví de aquí. ¿Puede uno dejar de respirar contando solo con su propia voluntad? Pues lo mismo ocurre con el peligro que hemos desencadenado: no podemos hacer nada aunque queramos.

29

—¡Papi! —le llamó Ketty zarandeándolo por los hombros.

Peter abrió los ojos, asustado.

Habían hecho una comida frugal y él se había apartado a un sillón para echar una cabezada. Y aunque estaba cansado, no pudo pasar de un desesperante estado de duermevela debido a los nervios que le atenazaban desde que habían encontrado a aquella mujer. Por su mente habían pasado todo tipo de conjeturas, cada cual más horrenda que la anterior.

Cuando abrió los ojos, vio a Patrick junto a la mujer. Esta había despertado y recogido las piernas, y permanecía abrazada a sus rodillas, temblando. Su vecino trataba de calmarla sin lograr su propósito, ya que su tono de voz era demasiado alto y asustaba a la desconocida.

Peter se levantó y se dirigió hacia ellos intentando no entrar de sopetón en su campo de visión y aparentando la mayor tranquilidad posible. Debían calmar a la mujer, y eso implicaba tratarla con suavidad y dulzura.

—Señora, buenas, señora —le dijo a falta de otro apelativo mejor cuando estuvo junto a su amigo—. Solo queremos ayudarla, no somos malos, somos buenos —aclaró, como si le hablase a un niño.

La mujer le miró a los ojos para después bajar la vista. En ellos había ahora temor, pero no pánico. Sus labios se movieron, pero no pudo hablar, y se limitó a emitir un gemido lastimero.

—¿Cómo se llama? —preguntó Patrick inclinándose un poco hacia ella y adoptando el mismo tono empleado por su amigo—. Yo soy Patrick Sthendall, este es Peter Staublosky y esta niña tan guapa se llama Ketty Staublosky. Estamos preocupados por usted; la encontramos medio muerta vagando por ahí —y estuvo a punto de decir que desarmada, pero se lo calló.

La mujer observaba absorta la candela sin apartar ni un momento la vista de las llamas. De nuevo sus labios se movieron y un débil gemido acompañado de una palabra surgió de ellos.

—¿Cómo? —preguntó Peter acercándose un poco más a la mujer—. ¿Cómo ha dicho?

La desconocida negó con la cabeza. Ketty se acercó hasta ella y la abrazó. La mujer se la quedó mirando en un principio alarmada, luego enternecida. Comenzó a acariciar la espalda de la niña y sus lágrimas pugnaron por salir. Su rostro se tornó sereno y triste y de él desapareció la crispación.

—Me lla… —comenzó a decir antes de toser violentamente—, me llamo Anne Goldsmith, y soy de Cervero.

Ambos amigos cruzaron una mirada significativa. Cervero era la población vecina, separada de Bangor solo por el río Penobscot. No había venido en coche, sino andando. Se podía cruzar por uno de los tres puentes que unían el pueblo a la ciudad. En alguna ocasión habían tramado ir a Cervero para comprobar si había vida o víveres. Pero la misión era arriesgada y decidieron aguardar la llegada del buen tiempo, ya que aún podían permitirse el lujo de esperar.

De repente, Anne apartó bruscamente a la niña a un lado. Su rostro volvió a reflejar una expresión de terror visceral. Miraba a todos lados, pero con mayor fijación hacia el ventanal del salón, por el que se veía caer la nevada.

—¿Hace… hace mucho que prendieron el fuego? —preguntó adquiriendo con más tesón la posición fetal—. ¿Hace mucho, eh? ¿Eh?

—Hace ya bastantes horas —expuso Patrick, confuso.

—¡Están locos! —gritó Anne—. ¡Les atrae, el fuego les atrae!

¡Me siguieron, mataron a mi familia! ¡Nos comerán, sí! ¡Estoy segura, sí, sí! —continuó atropelladamente—. ¡Vendrán aquí y nos comerán a todos!

—Hey, tranquila, tranquila, *baby* —la interrumpió Patrick con cierto enfado, aun sabiendo que el humo, de día, podía llamar la atención a mucha distancia—. Está nevando copiosamente; no hay razón para preocuparse, el humo no se verá.

Anne hizo el amago de levantarse del sofá, pero sus brazos no le respondieron y volvió a caer. Entonces comenzó a gemir, juntó sus manos y las contorsionó.

—Nos olerán... vendrán aquí —aseguró con la mirada perdida y con un tic persistente en el párpado derecho—, os aseguro que vendrán...

Peter se aproximó a su amigo y, arrimándose a su oído, le preguntó si tenía calmantes en casa.

—¿Me lo preguntas en serio? —le contestó Patrick arqueando una ceja y sonriendo con amargura—. Últimamente he estado más veces en el Acadia de las que me habría gustado. Ahora te traigo lo más fuerte que tenga.

—No, no; no quiero dejarla frita —sentenció el otro agarrándole del brazo—. Solo tranquilizarla. Creo que es importante que nos cuente su historia. No me gusta nada el cariz que está tomando todo esto. ¿No has oído lo que dice?

Sthendall lo había oído y estaba tan preocupado como su amigo. Abandonó la sala y subió a la planta de arriba, donde se le oyó hurgar en algunos cajones.

—Aquí estará a salvo, Anne —aseguró acercándose a Ketty y a la mujer—. Estamos armados —dijo señalando el armero repleto de pistolas, escopetas y cajas de munición—, y nuestras casas están preparadas; las hemos alambrado y hemos cavado zanjas alrededor para que hagan la función de fosos.

De repente la mujer comenzó a reír como una posesa. Patrick bajó alarmado con un lote de medicamentos.

—¿Preparados? —preguntó la mujer con ironía—. Cuando lo vean con sus propios ojos ya me dirán si están preparados.

Y sus carcajadas volvieron a oírse por toda la casa. La niña, con miedo, se abrazó a su padre y ocultó su rostro.

Comenzaba a anochecer en Bangor.

30

La pastilla que le dieron surtió efecto un cuarto de hora después de habérsela tomado. Y a pesar de todo, la mujer no dejó de retorcerse los dedos y mirar hacia la calle con preocupación. Ketty se había sentado junto a ella de nuevo y los dos hombres arrimaron sus sillas junto al sofá y la chimenea. Patrick avivó el fuego.

Fuera continuaba nevando.

—¿Se siente mejor? —preguntó Peter agarrando una de las manos de la mujer.

Anne asintió, con la mirada perdida y los ojos vidriosos. Varias incipientes arrugas se le dibujaron en la comisura de los labios y en la frente. Aquella mujer estaba envejeciendo demasiado pronto. Quizá todos estaban envejeciendo a pasos agigantados en aquel horrible mundo.

—Escuche —comentó Patrick con timbre afable—, nos sería de mucha ayuda que nos contase lo que le ha ocurrido. Sé que lo ha debido de pasar mal, pero es indispensable que lo sepamos todo para que estemos alerta y preparados. Y tranquila, no hay nada a estas alturas que ya no podamos creer, se lo aseguro. Ahora mismo podría presentarse aquí el fantasma de Marilyn para cantarle a Kennedy el cumpleaños feliz y no guiñaríamos ni siquiera los ojos.

La mujer hizo el amago de sonreír, pero fue solo un reflejo momentáneo que marcó con más profundidad los surcos que el tiempo y el sufrimiento estaban cavando en su cara.

—No abandonamos Cervero cuando todo el mundo lo hizo porque yo estaba a punto de dar a luz —empezó con tono sereno. Peter y Patrick se reclinaron sobre la silla con ademán de prestar la máxima atención posible—. Nadie nos quiso ayudar, y eso que mi marido buscó ayuda por todos sitios, en los coches, en los autobuses que se marchaban, a los militares... Los médicos, las enfermeras y las comadronas no quisieron hacerlo. Todos querían abandonar el pueblo cuanto antes, y de hecho fueron los primeros en dejar la localidad. Tenían miedo a nuevos ataques y los militares les aseguraron que eran necesarios en las bases, así que a los que no se marcharon se los llevaron pronto. En Cervero habían caído algunas bombas... igual que aquí en Bangor. Llegaban rumores de que en Portland y en varias ciudades más había sitios seguros. En defini tiva, cundió el pánico y todos huían o eran desalojados... pero yo no podía... —Anne comenzó a toser.

Peter se levantó, cogió un vaso de agua de la mesa y se lo alargó a la mujer, que bebió a tragos cortos y con los ojos humedecidos. Después apoyó el vaso en su rodilla y los miró.

—Yo no podía huir sin poner en peligro la vida de mi pequeño o la mía propia —continuó—. Mi marido me ayudó durante el parto. Ya no quedaba nadie en Cervero, y él había cogido libros de enfermería de la biblioteca que explicaban paso a paso cómo había que proceder. Cuando llegó el momento del parto, lo pasamos muy mal. Pensamos que todo saldría mal, que el niño moriría... pero no fue así. Robert me asistió lo mejor que pudo; fue un parto natural, sin epidural —añadió, sonriendo—. Después de dolores terribles, sacó al bebé, le dio un pequeño azote en el culito y el niño rompió a llorar.

¿Saben? En muchas ocasiones durante el embarazo pensé que era mejor que naciese muerto. Supongo que me entenderán —comentó mirando fijamente a Peter—. Este no era el mundo en que yo quería que se criase mi hijo... Pero cuando lo vi por primera vez, tuve que cambiar de opinión. Deseaba que viviera, que tuviese una oportunidad, esperanzas. Mi marido me lo pasó y lo abracé, limpiándole la sangre con unos trapos tibios. Los hombres jamás podrán saber lo que se siente por primera vez al abrazar a un hijo, una criaturita que te sacan de las entrañas… Y en aquellos breves momentos fuimos felices, pese a todo.

Anne se detuvo y comenzó a acariciar el cabello de Ketty y a sonreír. En ese momento Patrick pensó en preguntarle por su marido y su hijo, pero desechó la idea. Intuía perfectamente lo que había ocurrido con ellos y la mujer parecía querer desahogarse ahora que había empezado.

—Nos mudamos entonces a una casa de dos plantas con terreno que tenía unas enormes verjas de hierro —continuó—. Pertenecía a una de las personas más ricas de Cervero, Louis Crawford, el dueño de varias inmobiliarias de la zona que llevan su nombre, supongo que habrán oído hablar de él. —Los dos hombres asintieron—. Fue lo más seguro y cómodo que encontramos, puesto que también tenía un pozo que nos proporcionaba agua potable con una bomba manual y contaba además con paneles solares, como veo que tienen ustedes aquí.

»Mi marido acudía de vez en cuando al pueblo en busca de comida. Aquello era complicado. La policía no había controlado bien a los saqueadores cuando la guerra se dejó sentir por aquí. Hubo asesinatos, robos, violaciones. Así que tuvieron que venir los militares y poner algo de orden. Aun así, varios meses después de que todos se fueran, conseguir comida era difícil.

En ese momento suspiró. Peter aprovechó para atizar la hoguera; Patrick, para apoyar la espalda, y la niña, para arroparse más con las mantas.

—Y entonces —prosiguió después de dar otro trago al vaso de agua—, cuando todo iba mal… fue a peor. Mi marido enfermó. No sabíamos qué tenía, pero cada día se sentía más débil y consumido, hasta el punto de que semanas después tuvo que guardar cama y recayó sobre mí la responsabilidad de salir a buscar comida, dejando a nuestro bebé a su cuidado.

Durante las mañanas yo buscaba y rebuscaba en tiendas, centros comerciales y casas particulares en busca de algo que pudiéramos llevarnos a la boca. A veces había suerte y encontraba suministro para varias semanas. En otras ocasiones pasamos hambre. Mi marido se privaba muchas veces de comer para que yo estuviese en mejores condiciones y pudiese alimentar con mi leche al pequeño. Los días en que él no comía por dármelo a mí, su cuerpo se resentía, y su situación empeoraba. Pero él sonreía y jugaba con el bebé para intentar disimular su estado en mi presencia.

—¿No pensaron nunca en venir a Bangor? —interrumpió Peter—. Aquí la policía controló muy bien a los saqueadores. Actuaron con mano dura, pero consiguieron que no se desvalijara casi nada.

—Sí —contestó Anne—. Sí que lo pensamos… pero no nos atrevíamos. Ya por aquel entonces yo presentía que no estábamos solos en Cervero. Muchas noches se oían ruidos extraños o me sorprendía atisbando por el rabillo del ojo al sentir presencias allí, pero cuando miraba no había nada. —Patrick sintió un escalofrío, sabía a qué se refería—. Me daba miedo también ir tan lejos por Robert. A veces perdía la consciencia y yo ya no sentía que el bebé estuviese seguro con él. Mis escapadas entonces se hicieron más cortas. Salía corriendo, buscaba comida y volvía corriendo. Hasta el día en que, de regreso a casa, me encontré con ellos allí …

La mujer se echó a llorar. Ketty la abrazó de nuevo. La niña y Anne habían desarrollado un vínculo especial, y eso les estaba ayudando. Peter temió que todo aquello acabase pasando factura a su hija. Colocó una mano sobre su pequeña espalda y la acarició.

—¿No tenían armas? —preguntó Patrick extrañado.

—Teníamos —respondió ella sollozando—, pero yo no sabía usarlas y mi marido ya no podía. De todos modos, no nos habría servido de nada. No contra tantos…

»Déjenme que siga, por favor. Ayer por la mañana salí a buscar algo de comida. Debí presentirlo, debí percatarme de que ya me habían seguido en días anteriores… porque cuando… —rompió a llorar de nuevo con más fuerza, hipando. Patrick le alcanzó un pañuelo de tela—, cuando volví, ellos habían entrado… Las puertas de la verja estaban destrozadas, combadas y arrojadas a un lado… y ellos estaban dentro.

»¡Esas asquerosas cosas se estaban comiendo a mi marido y a mi hijo! ¡Se estaban repartiendo los trozos como buitres carroñeros! Los había de todas clases y tamaños. Parecían tan humanos e inhumanos a la vez… ¡Vi cómo uno de esos seres blancos se comía la cara de mi bebé y luego me miraba con la boca llena de sangre! Y grité y aullé. Entonces decenas de ojos naranjas y negros se volvieron hacia mí, y huí, enloquecida, tropezando, mirando horrorizada hacia atrás… Pero no me siguieron… no sé por qué, ¡pero ninguno salió tras de mí!

Ketty rompió a llorar ante los gritos de la mujer y su padre la abrazó intentando tranquilizarla. La acurrucó contra su pecho sintiendo el corazón encogido.

—¿Y eso pasó ayer? —insistió Peter, compungido por la historia de la mujer y preocupado por la seguridad de su hija.

Anne asintió, con las manos tapando sus ojos y meciendo el cuerpo adelante y atrás.

—Vendrán —dijo—. Sé que vendrán y nos harán lo mismo. Lo sé, lo sé… Sí… ahora sé por qué no me siguieron. No lo hicieron porque sabían que me acabarían encontrando, que esto era un juego… Debemos huir… sí, lejos, sí…

—¿Cuántos eran? —inquirió Peter, nervioso.

—Dentro no sé —contestó—. Quizá unos diez o doce… puede que más…

—¡Papi, tengo miedo! —gritó Ketty tapándose los oídos para no escuchar más. El recuerdo de aquel hombre albino que casi la mató palpitaba en su mente.

—Creo que ya hemos escuchado suficiente —sentenció Peter volviendo a dejar a su hija en el sofá. Le echó la manta por encima de las piernas—. Lo demás ya lo sabemos. Vagó hasta llegar aquí, nosotros la encontramos medio muerta y la trajimos a esta casa.

—Deberían haberme dejado morir de frío —deseó la mujer.

—Ya basta —repuso Peter—. Si tú no quieres saber nada más, yo me doy por satisfecho, Sthendall —añadió mirando a su vecino.

Patrick se mostró conforme y ambos se levantaron y apartaron un poco para hablar. Anne se había callado, solo sollozaba con la mirada perdida, deambulando entre tan horribles recuerdos. Ketty se había arropado con la manta hasta el cuello y permanecía callada. Miraba el fuego absorta y de vez en cuando se secaba alguna lágrima o restregaba los mocos en la manga de su jersey.

—Estamos en peligro, polaco —susurró Sthendall echando vistazos breves hacia el sofá.

—Lo sé —confirmó este suspirando—. ¿Qué podemos hacer?

—Por ahora no separarnos, atrincherarnos aquí y ver qué sucede —aconsejó Patrick—. ¿O prefieres huir como dice ella?

—Ahora mismo no podría aunque quisiera —contestó Peter llevándose las manos a la espalda—. Ya has visto que no estoy totalmente recuperado y mi columna se resiente, así que no llegaríamos muy lejos. Salir en medio de esta nevada es imposible, y coger un coche sería una locura, porque no se puede circular. Además, el ruido nos delataría pronto, ¿y adónde podríamos ir?

¿A Portland? No sabemos lo que encontraríamos allí, si es que no hay un jodido agujero tragándose el mundo o escupiendo a esas cosas… Así que pienso como tú… ¿De qué nos serviría huir a lo loco? Pueden estar por todos lados, y al menos aquí podemos atrincherarnos hasta que pase la tormenta.

—Sí. Entonces estamos de acuerdo en eso —confirmó Sthendall—. Tengo una teoría, verás: quizá desperdigaron a esas cosas por el sur hace tiempo, durante el transcurso de la guerra, y ahora están llegando al norte. Eso explicaría por qué aparecen ahora y no antes. Esas cosas no tienen coches, caminan.

—Lo veo factible —comentó Peter—. También he pensado que…

Un alarido inhumano en la calle cortó la conversación y les provocó un terrible escalofrío.

Anne y Ketty comenzaron a gritar.

31

—¡Lo dije! —gritó Anne enloquecida, incorporándose del sofá y arrojándose al suelo—. ¡Dije que vendrían y ya han llegado!

Los dos hombres se precipitaron hacia el ventanal del salón. Patrick agarró su arma y Peter hizo lo propio. Les costó esfuerzo distinguir algo entre la ventisca.

—¡Joder, polaco! —exclamó Sthendall al cabo de unos instantes—. ¡Tienes una puta gárgola de la catedral de Notre Dame en tu tejado!

Peter miró hacia allí con la respiración contenida y los ojos a punto de salir de sus órbitas. No entendía muy bien cómo Patrick podía esforzarse en hacer comentarios de ese tipo en semejante situación. A su espalda los gritos no cesaban, aunque su cerebro lo procesaba todo como un alboroto sin sentido. El tiempo parecía haberse detenido en aquella fracción de segundo.

—Esas cosas… no… otra vez no… —musitó.

Junto a uno de aquellos grotescos seres alados se posó otro. Llegó volando, apenas una mancha oscura visible entre las rachas intermitentes de copos. El recién llegado emitió otro alarido que pareció atraer a dos más, que también anclaron sus garras en el tejado de los Staublosky. Permanecieron al acecho.

—¡Mierda, tío! —exclamó Patrick—. Mira hacia allí.

Peter siguió la dirección que indicaba el dedo de su amigo. A su derecha, en la calle, varios ojos naranjas centellearon debido al reflejo de la luz de la casa. La calle semejaba un bosque repleto de luciérnagas.

—¿Cuántos habrá? —preguntó Peter con voz temblorosa.

—Ahora mismo lo sabremos —contestó Sthendall alargando su mano y encendiendo los dos potentes focos que había instalado en la fachada de su casa.

—Cielo santo —dijo Peter, comenzando a temblar y dando un paso atrás.

—Su puta madre —añadió Patrick apretando su escopeta en un intento de aferrarse a algo que le pareciese real.

La calle estaba repleta de albinos. Los había de todo tipo: gordos, delgados, altos, bajos, fuertes, con pelo, calvos, etc., pero todos exhibían aquel tono macilento y cadavérico. Todos estaban desnudos, a pesar de lo cual parecían no sentir frío. Todos ellos deformados por la voluntad del ser humano. Algunos parecían haber sido heridos, pues les faltaba alguna parte del cuerpo, otros no podían más que arrastrarse, pero en todos ellos se distinguía un rasgo en común: el deseo de devorarles, el ansia flotando en sus ojos.

—¿Cuántos habrá? —preguntó Peter de nuevo, tragando saliva con esfuerzo.

—No menos de treinta, y eso sin contar a los murciélagos esos.

—¿No te parece que esas cosas…? —comenzó a decir el otro.

—Sí, sé lo que quieres decir. Parecen zombis salidos de alguna película de Fresnadillo —cortó Patrick levantando la mano—. Ya lo noté en los otros. Esas cosas parecen de nuestra misma especie solo que alteradas, como si una reencarnación del Doctor Muerte se hubiese cebado en ellas…

Aquellas criaturas estaban quietas. Miraban hacia ellos, los estudiaban con tal detenimiento que los dos hombres habrían podido jurar que estaban hechas de cera. Pero no era así. Una olisqueó el aire, gruñó algo y todas se movieron a la vez. Parecían gozar de una especie de voluntad colectiva parecida a la de las bandadas de pájaros o los bancos de peces.

Rodeaban la casa.

32

—¡Papi! —gritó Ketty a su espalda.

—¡Pero qué…! —exclamó Peter al girarse y encontrarse de lleno con la situación.

Anne tenía una pistola en la mano y apuntaba a la cabeza de la niña. Usaba a Ketty como escudo. Los tics parecían haber tomado el control de sus facciones y temblaba con el arma en las manos. Dio un paso hacia adelante, empujando a la niña. Miraba a Peter a los ojos, con la sinceridad que a veces aporta la locura.

—¡Déjenme ir! —gritó escupiendo salivazos—. ¡Yo les advertí que vendrían, que teníamos que irnos, pero no me hicieron caso!

Patrick miró hacia su armero y se maldijo por no haberlo tenido cerrado con llave. La niña estaba ahora en peligro por su culpa.

—No puede salir —comentó con suavidad—. Está toda la calle repleta de esas cosas. Les harían daño a las dos…

—Suelte a la niña —suplicó Peter mientras levantaba las manos como si estuviese siendo víctima de un atraco—. Por favor… La está asustando, puede hacerle daño en un descuido… Por favor…

—¡No, no! —exclamó la mujer—. ¡Están locos si quieren quedarse aquí! Los he escuchado… Hay que huir… sí, sí… y no dejaré que entierren viva a la niña aquí. Ella se vendrá conmigo —concluyó, empujando a Ketty hacia la puerta. Apretó el arma contra su cabeza—, y correremos. No nos cogerán esas cosas...

¡Esta vez no fallaré, no sabrán dónde me escondo...!

Los dos hombres se apartaron del camino de la mujer. Ella salió al porche y de repente aquellas criaturas comenzaron a emitir grititos entrecortados y a aullar. Parecía haberles invadido la locura. Unos saltaban, otros se empujaban y algunos babeaban. Una de las gárgolas echó a volar y desapareció en la oscuridad de la noche.

—Han reconocido a su presa —susurró Patrick a Peter.

La mujer bajó del porche, mirando hacia todos lados. Estaba descalza y el frío de la nieve le hizo dar un respingo. Los dos amigos habían salido detrás de ella, rumiando qué hacer. La niña lloraba, y la sensación de peligro hacía que a Peter le resultase mucho más complicado urdir un plan. Patrick estaba más sereno.

—¡Tráiganme unas zapatillas y la llave de ese puto candado! —gritó Anne señalando hacia la puerta con la pistola.

Patrick dio unos pasos atrás, volvió dentro y se dirigió al baño. Peter lo maldijo; no sabía qué diablos hacer y la mujer cada vez estaba más cerca de la puerta. Si la abría y cruzaban la pasarela de la zanja, las dos estarían muertas. ¿Pero cómo razonar con una persona enloquecida? Ningún hilo de conducta parecía estar bien dentro de su cabeza.

—Por favor... Anne... Si sale ahí con mi hija, las matarán a las dos —dijo antes de que Peter llegase—. No me haga pasar a mí por lo que usted está pasando. Aquí están más seguras que ahí fuera... Solo tiene que girar la cabeza y mirar a los lados...

Los albinos habían callado de golpe. Estaban escuchando, como si fuesen el público de un abarrotado teatro. Pero Peter sabía que se mantenían al acecho y que se moverían todos a la vez, guiados por esa especie de conciencia colectiva, en cuanto cruzasen la puerta.

—¡Ella vendrá conmigo... sí. Es joven, correrá mucho! —gritó—. ¡Yo la voy a salvar, sí! Tengo una pistola... les mataré si se acercan... Y si usted o su amigo intentan seguirme, la mataré a ella...

—Por favor... se lo ruego... déjela aquí. Si usted quiere salir, hágalo, Anne, pero no se lleve a mi hija, por el amor de Dios.

—¡Cállese! —espetó la mujer, a punto de perder los nervios—. ¡Cállese, cállese ya de una jodida vez! ¡La niña vendrá conmigo! ¡Yo seré su madre a partir de ahora! ¡Sí! ¿A que sí, niña?

Peter sintió un grado de impotencia como jamás había experimentado. Pensó en lanzarse hacia delante, pero el hecho de imaginar que Anne podía disparar en plena refriega sobre su hija le hizo detenerse. Jamás podría superar aquello, pero tampoco podía permitir que la mujer atravesase la protección de la alambrada.

En ese momento salió Patrick. En una mano llevaba las botas, y en la otra, las llaves. Peter lo miró con odio. Después de todo, aquel tipo sólo quería salvar el culo. Seguía siendo igual de traicionero que siempre. No había arrepentimiento en él, únicamente interés.

—¡Eh, eh! —gritó Anne a Sthendall—. ¡No se acerque más o la mato! ¡Lance las cosas!

Patrick lo hizo y todo cayó un poco desperdigado pocos pasos por delante de ella.

La mujer se inclinó a coger las llaves en primer lugar. Para eso tuvo que apartar un poco a la niña, que lloraba delante de ella. También tuvo que apartar el arma de la cabeza de la pequeña al agacharse a recoger las botas, que se habían diseminado cada una por un lado.

Patrick aprovechó el momento. De su abrigo sacó una pistola, descerrajó un tiro sobre Anne y le voló la cabeza provocando un momento caótico.

La mujer cayó sobre la niña, bañándola en sangre y sesos, y Ketty gritó y pataleó para intentar infructuosamente apartar a la muerta. Las criaturas comenzaron de nuevo el jolgorio. Parecían sumidas en una especie de placer orgiástico.

Peter corrió hacia su hija, apartó el cadáver de Anne a un lado y tiró de ella hasta que consiguió levantarla. Patrick permanecía quieto, con la mirada perdida y el cañón del arma humeante apuntando hacia abajo.

—¡Estás loco, hijo de puta! —le gritó su vecino, que inspeccionaba a su hija de arriba abajo en busca de heridas.

En ese momento Patrick miró hacia su lado. Hacia las caras de aquellas criaturas salidas del averno. Sintió un mareo al girarse sobre sí mismo y verlas ahí plantadas, riendo o aullando, conscientes de que una zanja se interponía entre ellas y su comida. Tan inteligentes que no atacaban a lo loco, sino que estarían trazando un plan.

—Vamos dentro —les instó Patrick, que había sentido la sombra de la locura planear por su mente.

Peter pasó con la niña en brazos por delante de él. Patrick apagó los focos al entrar y la oscuridad vistió de gala a aquellos seres que de inmediato volvieron a callar.

Ni uno de ellos movió un solo músculo.

33

Patrick cogió la pistola del suelo y tapó el cuerpo de Anne con una sábana sucia. Pensó en bajar el cadáver al sótano, pero desechó la idea. No se arriesgaría a que la niña lo viese entrar con un cadáver a sus espaldas empapado en sangre. Le pareció que ya con lo ocurrido quedaría suficientemente traumatizada de por vida.

Estuvo a punto de vomitar, y su mente no paró de bombardearle con preguntas que ya no podían tener respuesta. No había marcha atrás para lo que había hecho. Una vocecilla fina e hiriente no cesaba de repetirle que al final había seguido fielmente la senda de su padre y se había convertido en un asesino. Otra le acariciaba la cordura diciéndole que lo había hecho por el bien de la niña, no para dar rienda suelta a sus instintos asesinos.

Aquellos monstruos seguían allí. Plantados como árboles, observándolo, siguiendo cada uno de sus movimientos con gula contenida. Patrick se preguntó si no estaría ante los nuevos pobladores de la Tierra. ¿Y por qué no?, se decía. Los dinosaurios dominaron el planeta durante millones de años y nosotros no hace tanto que golpeábamos dos piedras para hacer fuego. Quizá hayamos provocado una evolución espontánea dentro de los laboratorios. O quizá simplemente comiencen a morir cuando su carne y su cerebro se pudran del todo.

Entró en su casa para coger una silla. Peter estaba sentado en el sofá, junto a la chimenea. Tenía en brazos a la niña, que estaba durmiendo. Su vecino lo miró apenas unos instantes y luego volvió a fijar la vista en los pocos rescoldos de la chimenea que quedaban ya.

Patrick, ya con una mecedora vieja, la escopeta y una pistola, volvió fuera. Se sentó en el porche y miró hacia la tumba de su perro. Un bulto apenas discernible entre tanta nieve.

—Me gustaría que estuvieses aquí para morderles el culo a esas jodidas cosas, chucho —comentó en alto deseando tener una cerveza en sus manos—. Después ya te invitaría a algo.

La visión se le tornó borrosa. Se pasó un dedo por la base de los ojos. Después vio como una de aquellas criaturas voladoras se posaba en el tejado de Peter. Las otras gruñeron casi imperceptiblemente.

—Espero que no hayas ido a buscar refuerzos, maldita zorra —le dijo.

La nostalgia le invadió sin pleno aviso. Los recuerdos de aquella misma calle sombría antes de la guerra se amontonaban uno tras otro. Las riñas con los vecinos, las barbacoas con ellos, los coches de los niñatos pitando cuando el equipo local de béisbol ganaba un partido —esto era lo que menos sucedía—, a Peter llamándole a voces para que fuesen todos a pescar o a tomar unas cervezas.

Aquello jamás volvería.

A su izquierda oyó la puerta abrirse. No miró.

—Joder… qué frío hace aquí —dijo Peter frotándose las manos, mirando entre las sombras.

—Si no me lo llegas a recordar, me habría parecido que estaba en bañador en una playa del Caribe, con un mojito en la mano —contestó Patrick subiéndose la solapa de su abrigo y recostándose hacia atrás.

Su amigo traía una de las sillas del salón. Se sentó junto a él.

Tampoco lo miró.

—Mejor un daiquiri —comentó—. ¿Por qué has apagado los focos?

—Hay que ahorrar energía, y esos focos requieren mucha potencia. Nos quedaríamos sin luz en media hora a lo sumo —respondió—. Si oigo cualquier ruido sospechoso, los encenderé y me liaré a tiros. Pero hasta entonces, es mejor que estén apagados.

—Entiendo —dijo Peter—. Oye… quiero pedirte perdón por lo de antes. Si no lo hubieses hecho, lo más probable es que Ketty estuviese muerta. Muchas gracias y olvida mis palabras; simplemente me asusté y reaccioné como un perro rabioso. Yo no habría sido capaz de hacer nada. La idea de que le pase algo a la niña me aterra y me bloquea.

Patrick se sintió incómodo. Ni él ni Peter estaban acostumbrados a pedir perdón. Mucho menos entre ellos. Aun así, agradeció el gesto.

—No pasa nada —contestó lacónico.

—¿Te encuentras bien?

—Si me encontrase bien —dijo Patrick—, es que no sería humano. Así que supongo que prefiero sentirme como una mierda.

—¿Qué hacemos con el cadáver?

—No sé, he preferido dejarlo ahí. La niña no lo verá.

—Qué jodida ironía, ¿eh? —comentó Peter mirando la sábana, que pronto estaría sepultada completamente bajo la nieve. Se mantuvieron un rato en silencio, escuchando las ráfagas de viento, portadoras de los sonidos de la noche, los cloqueos y los chasquidos de aquellos seres que estaban cada vez más cerca.

—Estoy cagado, tío —se sinceró Peter encarándose con su amigo—. No creo que se vayan a ir, fíjate en cómo nos miran —observó después.

—Yo tampoco lo creo. Estoy seguro de que planean algo. Si no fuese porque la zanja se lo impide, ya habrían roto la alambrada. Y si no fuese por la malla de arriba, aquellas gárgolas ya habrían intentado arrancarnos la cabeza también —comentó señalando al tejado de su vecino—. Muchas gracias por tus ideas, creo que nos están salvando el culo ahora mismo.

Peter asintió y recorrió con la mirada a todas aquellas criaturas.

—Hay demasiadas para liarnos a tiros a lo loco, tendríamos que tener un arsenal. Y siendo nosotros solo dos, creo que ni así.

—El arsenal lo tengo —dijo Patrick riendo—. Pero tampoco considero que sea buena idea dispararles. Al menos por ahora.

—¿A qué te refieres?

—A que es mejor que sigamos estudiándolos y valorando posibilidades. Quizá con las luces del día algunos se vayan —conjeturó Patrick—, quizá se aburran, quizá algunos intenten atacar... Pienso que desde nuestra posición contamos con cierta ventaja a la hora de defendernos de un posible ataque. Esto es como un pequeño castillo. Solo nos hacen falta unos cocodrilos para el foso... Caerían bastantes antes de tomar este Álamo. Aunque tenemos un problema mayor.

—La comida —concluyó Peter.

—Exacto —aseveró Sthendall—. Esta situación no se puede prolongar mucho. Si racionamos la comida, tendremos como máximo para cuatro o cinco días. El agua no me preocupa mucho; siempre tengo reservas en un bidón del sótano, y podemos calentar nieve para disponer de más. Pero si no comemos, nos sentiremos demasiado débiles para hacer cualquier cosa. Debimos ser más previsores cuando nos atacaron los primeros y haber empezado a traer más comida.

—¿No piensas que su plan sea ése? ¿Esperar a que el hambre nos empuje a salir? —preguntó—. Ellos siempre se podrán turnar para hacer guardia y, mientras tanto, seguir buscando comida por otro lado. Deben de saber que tarde o temprano tendremos que salir o morirnos de hambre.

—No me extrañaría. Y si es así, estamos verdaderamente jodidos.

—¿Crees que son tan inteligentes?

—No creo que sean estúpidos como su físico nos puede hacer creer, aunque tampoco creo que puedan razonar como nosotros. Sin duda su cerebro no puede conservar las mismas funciones que poseía cuando estaban vivos.

El ruido de unos cristales al romperse les hizo dar un respingo. Ketty gritó desde el salón ante el susto y comenzó a llamar a su padre. Pero el ruido no provenía de la primera planta.

—¿Qué ha sido eso? —preguntó Peter levantándose de un respingo.

—¡Ha sonado arriba! —exclamó Patrick—. ¡El baño de la segunda planta!

Los albinos de la calle volvieron a prorrumpir de pronto en gritos de alborozo. La noche se convirtió en un maremágnum de risas, aullidos y alaridos.

Quizá no estaban dispuestos a esperar tanto para actuar.

—¿Pero no tiene barrotes la ventana? —preguntó Peter entrando.

—Sí que tienen, joder. No han podido entrar.

Una oleada de ruidos dentro de la casa vino a contradecirle.

—¡Vamos! —gritó Patrick.

—¡No, quédate aquí por si intentan algo esos de ahí fuera, subiré yo! —decidió Peter ya desde el salón y con su escopeta en ristre.

34

Peter le había dicho a su hija que no se moviera del salón pero que se mantuviese lo más cerca posible de la puerta, y que si bajaba algo que no fuese él, saliese pitando de la casa y buscase a Patrick. Ketty se quedó allí, temblando, apoyada contra la pared, junto a la puerta.

Después, su padre encaró la escalera de apenas diez peldaños y desapareció de su vista.

«Staublosky —pensó—, ya sabes lo que dicen: si no buscas tu destino, tu destino vendrá a buscarte a ti. Y quizá tu sino fue morir la noche de los autobuses, junto a Helen y los demás, y lo engañaste, burlaste tu destino y ahora este viene muy cabreado a saldar cuentas contigo y con tu hija.»

Subía muy lentamente, con la escopeta en ristre, apuntando. Si algo había entrado, tenía que ser uno de esos seres murciélago o gárgolas, como les llamaba Patrick. Así que sus ojos buscaban algún movimiento en la planta de arriba conforme subía uno a uno los peldaños.

Le temblaba todo el cuerpo. Nunca había sido un valiente —aunque tampoco un cobarde—. Comparó el miedo que le embargaba en aquel momento con el que había sentido de pequeño cuando se coló en la casa de los Handigang.

No tendría más de nueve o diez años y aún se encontraba en la época convulsa de la infancia en que los amigos van y vienen de un día para otro, y más cuando tu familia no es del país. Y entrar allí le iba a suponer granjearse unos cuantos amigos más.

Se decía que la casa de los Handigang estaba encantada, y que un incendio mató a toda la familia, padre, madre y bebé. Dijo en el colegio que iba a entrar en la casa encantada. Lo dijo en broma al principio. Pero Peter se pasó de fanfarrón y cuando quiso darse cuenta ya era demasiado tarde.

Un día en el que el sol ya estaba casi poniéndose, se encaramó a una de las ventanas del gran edificio colonial y entró. Sus flamantes amigos se quedaron fuera, esperándole con una mezcla de sorna y admiración, mientras él paseaba la mirada por la habitación en la que se encontraba. El fuego en su día había lamido la pintura, las paredes, las puertas y casi todos los enseres que había allí. Los chicos decían en el pueblo que la casa había ardido en tiempos inmemoriales, pero Peter pensó que aún flotaba en el ambiente un fuerte olor a chamuscado y a moho, por lo que se sintió mareado durante unos instantes. Dio unos pasos. No quería alejarse mucho de la ventana, aunque les había dicho a los otros que iba a pasear por toda la casa. De hecho, tenía pensado salir por el patio trasero, saltar la tapia y darles un buen susto por la retaguardia.

Reconoció, junto a una esquina de la habitación, una cuna volcada y quemada entre la penumbra. Junto a ella, unos trapajos que en su día parecían haber sido sábanas y mantas. Ahora no eran más que telas harapientas y malolientes, testigos mudos de la tragedia.

Y entre los guiñapos le pareció advertir que algo se movía. Pensó que se trataría de una rata, pero, aun así, el miedo le hizo quedarse clavado y a la expectativa. Cuando creyó escuchar un llanto infantil proveniente del bulto quemado de sábanas y mantas, sintió tal pavor que no se pudo mover. Apreció cada latido de su corazón, escuchó su respiración amplificada, la saliva al ser tragada… y también oyó pasos arriba. Fue justo en ese momento cuando consiguió que el pegamento que había bajo sus pies se disolviese, y entonces corrió hacia la ventana por la que acababa de entrar, se arrojó fuera y cayó al suelo estrepitosamente. Una exitosa visita de treinta segundos. El terror abisal y las risas de aquellos efímeros amigos perdurarían para siempre en su memoria.

Y todavía, subiendo por las escaleras de la casa de Patrick, podía decirse que aquel día le traicionaron los sentidos y fue víctima del miedo. Estaba seguro de que era una rata lo que había entre las sábanas quemadas y que los pasos de arriba no eran más que uno de aquellos ruidos habituales que se escuchan en una casa con entretechos de madera y que son producto del calor y el frío.

Pero lo que ahora mismo se aproximaba a cada paso que él daba sí era real.

Él los había visto, sabía la fuerza y la rapidez que esas cosas tenían. También sabía que aquellas cosas aladas mataban. No eran meros fantasmas de una casa encantada que se podían contentar con dar un susto a los inconscientes niños que hasta allí se acercaran, sino que le sacarían las tripas y se las comerían cuando él aún conservara un hálito de vida y lo pudiese ver.

Esos seres sí daban terror, pero terror del verdadero.

Al menos, entre tanto miedo, se consoló con algo. Dentro de la casa no podían volar. Y no creía que sus patas estuviesen muy preparadas para correr por habitaciones o pasillos.

Llegó al último escalón y se detuvo un instante. Aguzó el oído para intentar situar mentalmente a aquel ser. No escuchó nada y se animó a seguir. La escopeta temblaba en sus manos. Los pasos que daba sobre la moqueta le parecía que hacían más ruido que la banda municipal de Bangor en el Festival Popular Nacional a orillas del Penobscot.

A su izquierda estaban las habitaciones. La más próxima era el baño, desde donde se escuchaba el silbido del viento al penetrar en la casa; después estaban los dos dormitorios, presididos por un sepulcral silencio. Aguardó un momento, quieto, en silencio. Nada. Contó hasta tres. Con un movimiento hábil, se situó en mitad de la puerta del estrecho baño apuntando con la escopeta. Allí no había nada, sólo una cortina blancoamarillenta mecida por el aire y cristales rotos sobre el suelo y dentro de la bañera. Se asomó al agujero negro que hacía ahora las veces de ventana, aunque sin dejar de echar vistazos rápidos en todas direcciones. No quería que le atacasen por la retaguardia. Cuando estuvo junto al hueco de la ventana, se asomó y vio algo que lo dejó completamente estupefacto: los barrotes de la ventana yacían en la propiedad del vecino de Patrick. Aquellas criaturas aladas habían atado una cuerda a ellos y los albinos congregados abajo habían tirado hasta que habían conseguido arrancarlos de la pared.

—¡Dios mío! —exclamó Peter en voz baja.

Ahora era plenamente consciente de la inteligencia que aquellos seres habían llegado a desarrollar. Y no le gustaba nada.

Abandonó el baño pensando en que cuando registrase las otras dos habitaciones tendría que volver allí —si vivía— para intentar tapar con el mueble toallero el hueco dejado en la pared y quizá poner algo que obstruyese la puerta del baño para más seguridad.

De nuevo en el pasillo, maldijo el ruido de sus pisadas sobre la sucia moqueta, e incluso pensó que el sonido que producía al tragar saliva podía oírse en cien metros a la redonda.

Llegó a la puerta de la siguiente habitación. Estaba un poco entornada. Primero miró asomando un poco la cabeza y, al no detectar movimiento alguno, empujó la puerta con el cañón del arma. Entró despacio, con las primeras gotas de sudor frío recorriéndole la frente y amenazando con dirigirse a sus ojos. Tenía la respiración agitada.

Allí tampoco había nada. Patrick usaba aquella habitación como almacén y debía de llevar una eternidad sin subir allí porque el polvo y la suciedad se habían enseñoreado de aquel sitio. Además, había cajas vacías, otras llenas de papeles, una bola de jugar a los bolos, mantas en una esquina, un armario desvencijado, un par de cuadros avejentados, etc.

Cuando volvió a salir al pasillo, pensó que estaba al límite del miedo que podía soportar sin bajar corriendo y gritando al salón. En ese momento no se sentía muy lejos de ser víctima de un ataque de pánico similar al que había padecido Anne; ya rozaba el borde de aquella locura, podía sentirlo.

Pero tenía que mantenerse dentro de los márgenes de la cordura por Ketty. Le debía tantas cosas a su hija que cada segundo de sufrimiento que la niña soportaba suponía un martirio para él.

Agradeció con sinceridad absoluta que la puerta estuviese abierta. Sin necesidad de entrar, comprendió que aquella habitación era el dormitorio de Patrick. Allí el mobiliario era escaso: una cama de matrimonio, un armario, una mesita de noche, un par de sillas…, y a la izquierda de Peter, en el ángulo muerto que no podía ver, se encontraba aquel ser.

No lo atacó, y desde su posición le escuchó farfullar algo. Peter cargó el peso de su cuerpo sobre el pie izquierdo para intentar asomarse por el ángulo muerto. Vio unas alas negras y membranosas y parte de la espalda oscura y peluda de aquel monstruo. Al parecer, hurgaba en algunos cajones de otro mueble y arrojaba su contenido —principalmente ropa de verano— hacia atrás, por encima de él, hasta el suelo, justo a los pies de la cama de su amigo.

Peter comenzó a apuntar con su arma, lentamente, aguantando la respiración. Apoyó su mejilla con suavidad en las frías cachas de la escopeta, guiñó su ojo derecho, su dedo presionó levemente el gatillo y se oyó un disparo.

Un disparo que no había salido de su escopeta, sino de algún lugar del porche.

Tanto la criatura como él dieron un respingo. Y aquella cosa lo vio. Sus ojos negros como el azabache y profundos como el universo se posaron en él. Entonces emitió un gritito entrecortado que le destrozó los tímpanos y se lanzó contra su presa.

Peter no tuvo tiempo de volver a apuntar, el arma quedó presa entre su cuerpo y el de aquella gárgola de carne que había saltado sobre él. Las garras de la criatura se aferraron a sus brazos y sintió cómo la piel de estos se rasgaba al hundirle sus uñas. La fuerza de aquellas garras contra sus músculos le impedía disparar, y de todos modos no habría podido hacerlo porque en aquellos momentos no sabía ni siquiera dónde apuntaba la escopeta. En la trifulca cayó hacia atrás, y la criatura lo hizo encima de él, mostrando sus afiladas filas de dientecillos y sus ojos cargados de ira. Intentaba morderle el cuello, arrancarle la cabeza.

Peter soltó el arma encima de su barriga; tenía que apartar a su atacante y le hacían falta las dos manos. Con una fuerza de la que nunca se creyó capaz, apartó los brazos de aquel ser a un lado y le asestó un puñetazo en la cabeza. El golpe le dolió, y el cuerpo de la criatura incluso se ladeó un poco, pero aquella cosa parecía estar hecha de una especie de goma pestilente.

Con más furia que antes, aquel ser volvió al ataque. Peter pudo sujetar sus garras cuando se dirigían a su yugular. El miedo había dotado a sus reflejos de una rapidez inusitada. Intentó flexionarse y enroscó con su pierna derecha el fino cuello de la criatura. Esta le mordió y Peter supo que había perdido un trozo de carne. Aun así, hizo palanca y empujó a la gárgola hacia atrás, arrojándola a un metro más o menos. Suficiente.

Agarró la escopeta y disparó sin apuntar apenas. El brazo izquierdo de aquel ser desapareció a la altura del codo. La sangre oscura y ponzoñosa de su herida cayó a borbotones al suelo. Aquella criatura gritó y se agarró lo que le quedaba de brazo. Parecía incrédula. Peter aprovechó el instante de incertidumbre y descerrajó su última oportunidad contra el pecho de aquel murciélago humano, que cayó al suelo presa de convulsiones y envuelto en humo y sangre.

Peter se arrastró por el suelo y comprobó que la gárgola estaba muerta. Después, se hizo un torniquete en la herida con una de las camisetas de Sthendall que había tiradas por el suelo. Aquello no tenía buena pinta y le dolía a rabiar, pero pensó que no era momento de quejarse. Cojeando, se dirigió al baño. Tenía que tapar rápidamente el agujero de la ventana y bajar a la primera planta.

Patrick, abajo, disparó de nuevo.

35

Patrick tenía claro que aquellos seres estaban intentando tomar la casa y que no esperarían para dejarles presenciar el resplandor de un nuevo amanecer.

Si alguna vez aquellos no muertos habían tenido un plan preconcebido para forzarles a salir acuciados por el hambre, lo habían desechado. Ahora querían usar simplemente su superioridad numérica.

Cuando Patrick desapareció del porche, ellos dieron un paso adelante. Uno pequeño, apenas perceptible. En pocos segundos dieron otro, aproximándose a la zanja. Patrick entonces apuntó a uno delgaducho que parecía más adelantado y que daba la impresión de que le sonreía. Entonces todos los demás dieron un paso menos ese. Sthendall se sintió desconcertado. Apuntó a uno enorme, musculoso. Todo el grupo avanzó un paso menos aquel al que tenía encañonado.

Jugaban con él.

—Hijos de puta —masculló.

Cuando todos volvieron a dar otro paso, había pasado casi un minuto. Disparó su escopeta contra el musculoso. No iba a dejar que jugaran con él. No con Patrick Sthendall. Era un buen tirador y llevaba rato apuntándole a la cabeza. El cuerpo sin vida y decapitado de aquel ser cayó sobre la nieve sin hacer apenas ruido.

—No con Patrick Sthendall —dijo. Después escupió al suelo—. Siempre quise hacer eso, joder.

Los albinos ni miraron el cuerpo del caído, pero se mantuvieron quietos.

Mirándolo fijamente.

Arriba, en la segunda planta, escuchó alboroto. Deseó que Peter estuviese bien. Segundos después escuchó la detonación de un arma y aquellos seres de abajo dejaron de sonreír.

La puerta a su lado se abrió y Ketty corrió a abrazarse a su pantorrilla. Él, sorprendido, bajó el arma durante unos instantes y la agarró con un brazo.

—¡Ketty! —dijo al momento, enfadado—. ¿Qué haces aquí?

¡Esto es peligroso!

La respuesta fue sepultada bajo decenas de gritos. Aquellas criaturas comenzaron a saltar a la zanja o a coger impulso para engancharse directamente en la alambrada con dedos destrozados y putrefactos. Sabían que en esos momentos los sitiados eran más vulnerables puesto que les faltaba un tirador y la niña les había hecho bajar la guardia.

—¡Ve al sótano, corre! —chilló Patrick apartándola y disparando sobre uno de aquellos seres que, pegado a la alambrada, la zarandeaba como un energúmeno haciendo temblar dos postes del muro.

La niña corrió de nuevo dentro de la casa, llorando. Y Sthendall prescindió de la escopeta arrojándola a un lado. Sacó dos pistolas Glock y comenzó a disparar sobre aquellos seres sintiendo el retroceso doblarle las muñecas.

Instantes después, Peter salía al porche, cargando su escopeta y apuntando.

—¿Y Ketty? —preguntó con ansiedad, antes de disparar y creyendo que encontraría a la niña con su amigo—. ¿Dónde coño está mi hija?

—¡La he mandado al sótano, allí estará segura! —gritó Patrick entre disparos.

—¡Han roto el alambre por allí! —gritó entonces Peter apuntando hacia la esquina inferior derecha del jardín y disparando sin acertar a uno de aquellos zombis que había conseguido pasar.

—¡Mierda! —exclamó Patrick apuntándoles con la pistola.

Dos de los albinos que ya habían entrado por el agujero se dirigieron zigzagueando hacia ellos con una rapidez demencial. Peter pudo disparar sobre uno de ellos y acertarle en pleno costado. Patrick también hizo blanco en el que se dirigía hacia él. Pero demasiado tarde. El albino, uno de los camaleónicos, se había abalanzado encima de él y había hundido las zarpas en sus costillas. Peter golpeó la cabeza de aquel hediondo tipo con la culata de su escopeta y lo apartó a un lado. Estaba malherido por el disparo de Patrick, pero eso no evitó que de nuevo intentara levantarse. Sthendall tuvo que descerrajar otro disparo sobre su cabeza cuando intentó incorporarse por segunda vez.

—¡Se llevan el cadáver! —gritó Peter señalando hacia el bulto, que era arrastrado por el suelo por el tipo al que había disparado en primer lugar.

Sthendall se incorporó, dolorido, agarrándose el costado con los dedos empapados en sangre. Disparó e hirió en el brazo a otro que había entrado y ayudaba al primero a sacar el cadáver. Lo arrastraron por la nieve del jardín dejando un reguero de sangre. Segundos después, el cuerpo inerte y amortajado de Anne era sacado de allí. Cayó a la zanja. Entre varias de aquellas criaturas consiguieron sacarlo y entonces el ataque cesó de golpe y Peter y Patrick dejaron de disparar para ahorrar munición.

Observaron cómo todos los albinos se reunieron y comenzaron a descuartizar el cadáver de la mujer y a devorarlo. Aquello les parecía una fiesta, ya que se pasaban los trozos unos a otros entre risas y empujones. Tripas, miembros amputados y roídos pasaron de boca en boca durante unos interminables minutos.

—¡Joder! —exclamó Patrick apartando la vista—, ¡qué asco!

Peter ya no miraba hacia allí. Estaba inclinado y vomitando sobre la nieve a causa del asco y el miedo. Patrick le puso una mano en la espalda.

—Querían el cadáver —dijo inclinándose más, echando la bilis.

—Creo que lo que querían era a la chica sin más, les daba igual viva o muerta. Sólo querían comer.

—¿A cuántos hemos eliminado? —preguntó Peter intentando hacer un recuento.

—Pues creo que a cuatro, aunque hemos inutilizado a alguno más que dudo que pueda tener ya mucha movilidad.

—¿Cómo estás? —Peter se había sobresaltado al ver el hilillo de sangre que caía del abrigo de Patrick al suelo del porche.

—No es nada —aseguró éste contrayendo el rostro por el dolor.

—Dios... son demasiados, joder... —Aguantó con esfuerzo otra arcada.

—Y la alambrada ya no nos sirve de mucho —sentenció Patrick—. La han rajado y está medio caída por la esquina. Pueden pasar por ahí... Creo que estamos jodidos, polaco —dijo sacando munición de sus bolsillos y recargando las pistolas.

—Vigila un momento, voy a ver cómo está Ketty —decidió Peter, que entró corriendo en la casa y se encaminó al sótano.

En un principio la oscuridad no le permitió ver nada. Tenía miedo de no encontrarla allí. Pero una voz lo guió:

—¿Papi? —sonó insegura.

—¡Cariño, sí, soy yo! —exclamó él bajando las escaleras y abrazando a la niña.

—Creía... creía... —gimió la niña apretándose contra él.

—No creas nada, hija... estoy aquí, tranquila, tranquila —Le acarició el cabello y la llenó de besos.

La niña se acurrucó entre su cuello y su hombro. La sentía llorar, y él también sucumbió al llanto como un niño. Nunca había experimentado tanto dolor. No quería ver a su hija morir a manos de aquellos monstruos.

No podía ver a su hija morir así. Jamás.

—Escucha, hija —dijo, apartándola un poco—, ahora tengo que volver a salir. Yo te protegeré, pero tienes que quedarte aquí quietecita. No se te ocurra salir de aquí o nos pondrás a todos en peligro, ¿vale?

Pensó que ella protestaría. Que no le dejaría irse y él tendría que ponerse duro aunque eso le rompiera el corazón. Pero no, la niña deshizo su abrazo lentamente y lo miró a los ojos.

—¿Volverás? —preguntó, sollozando.

—Siempre vuelvo.

—Lo sé, papi. Te quiero.

—Yo también te quiero, mi niña. —La abrazó de nuevo.

—Ahora vuelvo —le aseguró dando un paso atrás—. Escóndete bien, ¿vale?

La niña asintió y él subió las escaleras, cruzó el salón y salió al porche. Allí todo permanecía igual. Procuró no mirar hacia la bacanal que se había formado fuera.

—¿Está bien? —quiso saber Patrick. Peter asintió, enjugándose las lágrimas.

—La segunda planta tampoco es segura —anunció después—. He matado a uno de esos alados, pero cuando quieran, podrán entrar. De todas formas harán ruido, así que nos enteraremos de que han entrado; ya me he encargado de eso.

—Creo que deberíamos entrar en casa —aconsejó Patrick haciendo un gesto con la cabeza—. Desde el porche ya no la protegemos entera, y por ese agujero en la alambrada pueden pasar dos o tres a la vez. Podremos cargarnos a algunos, pero si todos intentasen entrar por ahí de golpe lo conseguirían y nos rodearían.

—¿Y qué podremos hacer desde dentro? —preguntó Peter con amarga ironía.

—Poco, pero si nos quedamos en el salón, junto al acceso al sótano, dominaremos la puerta de entrada a la casa y las escaleras de la segunda planta —contestó Patrick encogiéndose de hombros y guiñando de nuevo los ojos ante una nueva oleada de dolor—. Tanto la puerta como las escaleras son estrechas, de modo que tendrán que entrar de uno en uno, y entonces tendremos una mejor oportunidad de defendernos. Vi algo parecido en una peli, aunque creo que era en un puente —añadió sonriendo.

—De acuerdo —sentenció Peter entrando en la vivienda.

—Oye, Peter —añadió Patrick acercándose al armero y cogiendo una pistola bastante pequeña—. Toma. Sé que parece pequeña, pero es potente. Quiero que la tengas.

—Claro —contestó él—, si es potente, dejará frito a más de uno.

Patrick negó con la cabeza, bajando un poco la mirada. La sonrisa desapareció.

—Peter… quiero que esa la guardes por si… —inclinó la cabeza señalando a los albinos que se disputaban los despojos de Anne—, si entran y esto nos viene demasiado grande… En fin, guarda dos balas.

—¿Me estás pidiendo que mate a mi hija y luego me suicide? —inquirió Peter, horrorizado.

—¿Prefieres que ellos os alcancen? —respondió su amigo—.

No serán tan benevolentes como un par de balas.

—No lo haré —aseveró, observando el arma bajo la mortecina luz del salón—. No podría... no, no me pidas eso.

Patrick asintió y cerró la puerta. Por nada del mundo habría deseado estar en la situación de Peter.

—Es de doble hoja y antirrobo. Es mejor que la que tenía antes, que es la misma que aún tienes tú —comentó acercándose a la puerta—. Me costó una pasta, así que espero que nos sea útil o le reclamaré al cabrón de Willy los «dos de los grandes» que me clavó. —Se separó de la entrada y se dirigió al centro de la habitación—. Ahora vamos a intentar hacer otra cosa, se me ha ocurrido una idea. Ven.

Patrick agarró un pequeño sillón y lo llevó a las escaleras.

—¿Qué haces? —preguntó Peter.

—Obstruiremos la escalera con el mobiliario —dijo yendo a buscar el otro sillón— y así les entretendremos un poco si pretenden entrar por arriba.

—Buena idea.

Entre ambos lograron taponar aquel flanco, echando de vez en cuando vistazos al exterior por la ventana del salón. Patrick tuvo que detenerse varias veces: tenía el costado empapado en sangre e iba dejando a su paso un pequeño reguero en la moqueta.

—Eso tiene mala pinta —aventuró Peter, preocupado. Él negó con la cabeza, aunque estaba pálido.

Fuera, aquellas criaturas seguían comiéndose a Anne. Algunos de los que no pudieron comer nada fueron acercándose a sus congéneres muertos.

El hambre brillaba en sus ojos.

Cuando los dos hombres acabaron de apilar muebles, se dirigieron a la puerta del sótano y se sentaron allí.

A esperarles.

36

—Parece que no entran, ¿tú qué opinas? —preguntó Peter echando un vistazo por el ventanal del salón y volviendo a la puerta del sótano.

—Lo que opinemos da lo mismo —contestó Sthendall estirando las piernas sobre el suelo y apoyando la escopeta contra la pared. Tenía la pierna empapada de sangre y sudaba profusamente—. Harán lo que les venga en gana y cuando les venga en gana. Son como animales y reaccionan como tales. Funcionan mediante impulsos.

—Creo que hay algo más detrás de esos albinos, cierta inteligencia. Míralos, un día fueron humanos, algo debe de quedar... Entraron por arriba atando una cuerda a los barrotes y tirando de ella —afirmó su amigo.

—Joder, y yo que creía que se trataba de astucia felina, nada más.

—Vamos a morir —concluyó Peter en un duro ejercicio de autosinceridad.

—Parece muy probable, sí. Creo que las medidas que hemos tomado lo retrasarán un poco, pero ellos tienen las de ganar —confirmó su amigo, mirándose la mano ensangrentada.

Peter se asomó al ventanal y retrocedió de golpe, agarrándose el pecho.

—No, joder, no —se lamentó.

—¿Qué ocurre? —preguntó Patrick, levantándose y acercándose hasta su amigo—. Joder…

Calcularon que habían llegado otros veinte o treinta más. La casa estaba completamente rodeada. Cuerpos inertes pero, aun así, de pie se balanceaban atrás y adelante, abriendo la boca y alargando sus brazos hacia ellos.

Ambos amigos volvieron a sentarse junto a la puerta del sótano. Permanecieron callados durante unos instantes. Asumiendo.

—Oye, creo que estamos retrasando lo inevitable… —Staublosky rompió el silencio. Sus palabras eran apenas un susurro, un pensamiento en alto.

—Sigue, di lo que quieres decir, lo entenderé.

—Me conoces como si fuera tu hermano, pese a todo —se sinceró Peter, intentando sonreír.

—Anda, baja ahí con tu hija, aprovecha el tiempo que nos quede. Yo seguiré aquí, ya sabes que soy de los cabezotas.

Se instaló un silencio entre los dos, incómodo. Para romperlo, Peter alargó la mano y Patrick la miró extrañado.

—Si hiciera un compendio de los momentos buenos y malos que he pasado contigo, ganarían los buenos —afirmó Peter con un amago de sonrisa.

Patrick estrechó con fuerza la mano de su amigo.

—Lo mismo digo, pero deja de hacer el gay que no pienso besarte.

—Sí, tienes razón —concluyó Peter sonriendo a medias—.

Quiero estar con mi hija. ¿Lo comprendes, no?

—Vamos, vete ya, joder —le instó—, ¿o quieres hacerme llorar, polaco?

—No, no, tranquilo. Ya me voy. —Peter se levantó y abrió la puerta que quedaba a sus espaldas—. Suerte.

—Peter —dijo Patrick antes de que desapareciera devorado por la oscuridad del sótano—, lo siento, de veras. Aunque viviese cincuenta años más, no llegaría a comprender cómo pude ser tan gilipollas.

Su amigo asintió. Se sentía muy cansado.

—Yo siento lo de tu perro.

—¿Amigos? —preguntó Patrick levantando la cabeza y mirándole a los ojos.

—Amigos —respondió Peter cerrando la puerta del sótano. Patrick agarró la escopeta y se la puso en el regazo. Había colocado cajas de municiones para ella y para las dos pistolas.

Se puso a recargar las armas.

No pensaba rendirse, lucharía.

Por Ketty, por Peter, por Helen, por *Doggy* y por sí mismo.

37

—¿Papi?

—Sí, soy yo. No veo nada —dijo Peter palpando en la oscuridad.

—Yo sí veo, y como sigas por ahí te vas a chocar con una pared —aseguró la niña casi riendo.

—¡Ya te tengo! —Peter la abrazó y la levantó en vilo—. Te has portado como una campeona; sin duda Cindy y Pindi estarían orgullosas de ti.

—¿Ya estamos a salvo, papi?

—Sí —mintió Peter con voz temblorosa—. Ya estamos a salvo.

—Sabía que me salvarías, papi. Tú siempre lo haces.

—Claro, hija. Nunca te fallaré —afirmó, sintiendo una puñalada en el pecho—. Ven, vamos a un rincón a sentarnos. Aún no podemos salir.

Con los ojos ya acostumbrados a la penumbra, Peter cargó con la niña hasta un rincón. Vio una mesa, pero no se detuvo. Se sentó en el suelo, junto a ella.

—Papi, ¿qué te pasa? Estás temblando.

—Nada, mi vida, no me pasa nada. Es solo que estoy muy contento de estar contigo.

—Yo también estoy contenta, papi —aseguró su hija—. ¿Por qué no entra Patrick?

—Ahora entrará, no te preocupes. Ven, échate aquí, así, encima de mí.

Peter se quitó la chaqueta y arropó a la niña. Tenía su cabecita apoyada contra su pecho.

No pudo evitar recordar cuando vio a la niña por primera vez. Aquella sensación de que era imposible que una criaturita así fuera producto de su amor por Helen. Aquellos sentimientos de amor hacia aquel bebé, aquellas ganas de convertirse en la mejor persona del mundo. De proteger a aquella niña, que tan frágilmente lloraba y se movía, durante toda su vida.

—Papi, ¿me cuentas un cuento? —preguntó la pequeña.

—Claro —contestó él—. Es una gran idea, pero tienes que cerrar los ojos e intentar dormir, ¿vale?

—¡Vale! —aceptó ella con entusiasmo. Peter admiró entonces a la pequeña—. Aunque tengo frío…

—Tranquila, dentro de poco no tendrás frío. Ahora dime, ¿qué cuento prefieres?

—¡El de Caperucita! —exclamó ella.

—¿No te gustaba más el de Juan sin miedo?

—Sí, pero ahora me apetece escuchar el de Caperucita, papi.

—Está bien, allá vamos.

El lobo se estaba comiendo a la abuela cuando sintió la respiración profunda de la niña. Se estaba quedando dormida. Entonces decidió que era momento de afrontar aquello. De hacer lo que debía hacer. Lo que jamás pensó que podría hacer cuando le pusieron a su niña en brazos en el paritorio.

—Papi, ¿estás llorando? —le sobresaltó la pregunta mientras la mano rebuscaba algo junto al suelo.

—Sí, hija. Siempre que llego a esta parte me emociono mucho —respondió limpiándose las lágrimas—. Pero tú intenta dormir, ¿eh?

—Vale —contestó la niña bostezando. Le pesaban mucho los párpados y le costaba permanecer despierta. Comenzaba a encontrarse a gusto entre los brazos de su padre.

—Duerme —dijo después de unos minutos.

Cuando un rato después escuchó los golpes de la puerta de la calle y el ruido en la segunda planta, supo que aquellas cosas ya habían movido ficha y que no les quedaba mucho tiempo.

Peter apoyó el frío cañón de su pistola en la cabeza de su hija.

—Duerme, mi vida.

38

Patrick Sthendall se levantó del suelo y observó a los albinos. Algunos ya se encontraban en la zanja, a punto de entrar en el jardín por la abertura en la alambrada. Cada vez había más.

Después miró la tumba de *Doggy*. Sus ojos se humedecieron.

—Chucho... —Quiso decir algo más, pero la emoción se lo impidió.

Se dirigió al armero agarrándose el costado. Recogió todo el armamento que quedaba y la munición que pudo y la situó delante de la puerta del sótano, junto a la que ya tenía allí. Sabía que si aquellos seres entraban muy rápido, no tendría ocasión de disparar mucho, pero no se rendiría. Lucharía hasta el último momento, como lo hizo su perro.

Quizá siempre fue un alocado, un estúpido, pero no era de los que se rendían.

Agarró una Budweiser de la nevera, vació un poco en el cuenco del perro y se sentó a esperar.

El primer albino dio un empellón a la puerta cinco minutos después. Los goznes y el marco temblaron, y un trozo de escayola del techo cayó al suelo. Arriba, la vajilla que Peter había puesto a modo de alarma sobre la puerta del baño cayó haciéndose trizas.

—Venid, hijos de puta —les animó Patrick apuntando hacia la puerta con su rifle más potente.

39

En el momento en que Peter iba a apretar el gatillo, Patrick se le adelantó. La niña dio un brinco y se incorporó. Su padre, con la cara empapada en lágrimas, escondió rápidamente la pequeña pistola.

—¿Ya han llegado, papi? —preguntó ella.

—¿Quiénes, hija?

—Los hombres —repuso, con un tono muy natural—, los hombres del comunicador inter... interespecial o algo así, los que decían que aguantásemos, que pronto estarían aquí...

—¿De qué hablas, Ketty? —preguntó Peter sintiendo cómo el corazón se le encogía en el pecho.

—Papi, de los hombres que hablaban por allí —dijo ella impaciente, levantándose y agarrando a su padre de la mano.

Lo condujo a la mesa donde descansaba la foto de fin de curso del 89. Allí parpadeaba una luz roja. La radio de policía.

—Quería hablar con Peggy y con Gustavo, y Patrick me dijo que se podría si lo intentaba mucho. Pero me respondieron ellos.

Peter miraba estupefacto la radio. Agarró el micrófono y pulsó el botón para comunicar.

—¿Oiga, oiga? —dijo—. ¿Hay alguien ahí? Silencio.

—¿Me escuchan? —preguntó Peter, desesperado. La niña no podía haberse inventado la historia de los hombres de la radio.

—Aquí Patrulla del Centro de Defensa de Villa Salvación, estamos intentando averiguar las coordenadas de emisión —contestó una voz varonil que le resultó vagamente conocida.

—¿David? ¿David Stratham? —preguntó Peter doblemente sorprendido.

—Cielo santo, ¿eres tú, Peter? ¿Pero cómo diablos…? —Se oyó ruido de fondo, alguien daba órdenes.

—¡Sí, sí, claro que soy yo!, David. Escucha, no puedo hablar mucho, tenemos problemas. ¿Dónde estáis?

—Estamos cruzando el puente de Joshua Chamberlain. ¿Qué ocurre ahí? No entendíamos muy bien a la niña, y nuestro experto en telecomunicaciones estaba intentando averiguar la procedencia de la señal…

—¡Joder, tenéis que venir rápidamente, estamos en casa de Patrick Sthendall! —exclamó—. ¡Estamos siendo atacados por una jauría de putos zombis o algo así, ya casi no podemos continuar!

—¡Cielo santo! —repitió de nuevo el veterinario—. ¡Aguantad, pronto estaremos allí, por la Santísima Trinidad!

Peter, escuchadas estas últimas palabras, dejó caer el micrófono y corrió hacia la puerta del sótano. Cuando llegó al salón, no había rastro de Patrick por ningún lado.

40

Patrick había podido eliminar al gigantesco albino que estaba destrozando la puerta. Se había levantado y había andado renqueante hasta la salida. Asomó el rifle por el hueco de madera astillada que había en la puerta, fruto de los golpes de aquella diabólica criatura.

—Me costó dos de los grandes, hijo de puta —dijo apretando el gatillo.

Le voló la cabeza. Estaba cerca, no supuso un problema. En el ambiente quedó un extraño olor a pólvora y podrido. Durante unos segundos, sintió arcadas.

Decidió salir al porche: no le gustaba esperar la muerte sentado junto a la puerta del sótano. Al menos eso se dijo, pero también había otra razón: no quería escuchar los disparos de Peter. Enloquecía solo de imaginar los dos cadáveres con la cabeza reventada, descansando en el frío suelo del sótano.

Vio a varios albinos correteando por la zanja, ayudándose unos a otros a subir hasta la brecha de la alambrada. Descerrajó un disparo sobre el que estaba más cerca de la entrada pero erró y dio en un montículo de tierra mojada. Estaba más débil de lo que creía, y el peso del rifle le extenuaba.

Comenzó a recargar justo en el momento en que uno de esos seres ya había entrado y corría hacia él emitiendo un ensordecedor sonido parecido a un grito de guerra. Patrick ya había recargado, pero fue demasiado lento. El albino le había hecho uno de los mejores placajes que había visto en toda su vida. Mejor incluso de los que hacía él en su época de estudiante. El arma había escapado de sus manos, y ni la veía ni tenía tiempo de buscarla, porque una enorme boca maloliente repleta de afilados dientes se cerraba sobre su garganta, serrándosela.

Tanteando, agarró el machete que tenía enfundado en su cintura. Hizo un titánico esfuerzo porque notaba que las fuerzas le abandonaban. La vista se le llenaba de neblinosas manchas blancas, y sentía el lacerante dolor de su garganta mientras percibía cómo la sangre, tibia, manaba y se deslizaba por su cuello hasta fundirse con la nieve.

Mientras aquel albino le zarandeaba como si de un perro rabioso se tratase, hasta Patrick llegó el olor a podrido que emanaba de él. Como si… como si llevase años muerto y descomponiéndose.

Patrick asestó con todas sus fuerzas un machetazo a la cabeza de su atacante. Este emitió un estridente chillido. Aprovechando que había despegado sus dientes de la carne, Sthendall empujó con las rodillas hacia atrás y se liberó momentáneamente de él. Intentó levantarse pero no pudo. La sangre manaba a borbotones de su garganta.

El albino se recuperó y, aun con un tajo sangrante en la cabeza, saltó hacia él. En esta ocasión Patrick acertó a cortarle parte del cuello, y la cabeza cayó hacia un lado sujeta aún por los tendones. Cuando cayó encima de Sthendall, ya era un peso muerto.

Miró hacia la zanja: varios de los albinos pretendían subir. De nuevo trató de levantarse; apoyó el machete en la madera del porche y lo consiguió.

Su vista se detuvo en la tumba de *Doggy*. De repente ya no quería más que estar junto al perro.

—Amigo… si tengo que… que palmarla, lo haré a tu lado. Eso sí, sin una cerveza —dijo dando un tembloroso paso hacia adelante.

Tropezó y a punto estuvo de caer en las escaleras del porche. Ya no dirigía la mirada hacia la brecha: para él solo existía la tumba de su perro. Comenzó a verlo todo más oscuro y el vómito pugnó por salir.

Sus pasos se hicieron lentos y dubitativos. Apretaba con fuerza su garganta, intentando no desangrarse. Oía ruido a su alrededor, pero ya no sabía exactamente de dónde provenía. Ni le importaba. El montículo apenas quedaba a dos metros, uno...

Cuando llegó, se dejó caer. Tenía el abrigo empapado de sangre, le faltaba el resuello y se ahogaba por momentos.

Un albino consiguió entrar, y después otro. Ambos corrieron hacia él. Los vio venir, con sus rostros desencajados de furia y sus brazos armados para descargar el golpe letal. En un momento dado, Patrick miró a su derecha. Vio a su amigo Peter en la puerta, bajo el porche. Gritaba algo con gesto asustado y en sus manos tenía el rifle que él había dejado caer unos instantes antes.

—¡Aguanta, vienen a ayudarnos! —le anunció. Después alzó su arma y comenzó a disparar.

Patrick se levantó con el machete en alto. Lucharía hasta el final, él no era ningún cobarde. Justo en ese momento, el primero de los dos albinos saltó encima de él. Sintió su carne desnuda y muerta al chocar, y pese a que apenas tuvo tiempo de reaccionar, consiguió hincarle debajo del mentón el machete, que salió por la parte superior del cráneo de su enemigo.

Cayó inmóvil encima suyo.

Sthendall no podía moverse, tenía la cara apoyada en la nieve. Estaba completamente embadurnado de sangre. Sentía cómo la vida se le escapaba con cada bocanada de aire que daba. La presión del cuerpo del albino sobre él no ayudaba a la hora de respirar. A lo lejos oyó disparos, muchos disparos.

«La caballería», pensó. Los ojos se le humedecieron; después de todo, al menos Peter y Ketty vivirían para ver un nuevo amanecer.

Casi sin vida y sin fuerzas, apartó el cuerpo podrido de aquel albino que en un pasado había sido un hombre, con una vida y quizá con un perro como él. Se arrastró hasta la tumba de *Doggy,* sintiendo la nieve congelar sus manos y su cara. La nieve, eterna nieve de Bangor.

En la distancia, alguien gritaba su nombre. Peter. Ya no importaba, nada importaba. Había llegado al montículo. Se abrazó a él cerrando los ojos con fuerza y pensando que esa tierra yerta era su perro; que la humedad que sentía en su mejilla era la de la lengua de *Doggy*, que le lamía con cariño.

Dos lágrimas cabalgaron por sus mejillas y una sonrisa se dibujó en sus labios.

41

Peter se levantó de la cama. A través de la única ventana que tenía su pequeña cabaña, los rayos de sol entraban perezosos, luchando por abrirse hueco entre las nubes.

No estaba durmiendo, hacía rato que se había despertado; cuando Patricia, la chica que tanto les estaba ayudando, fue a buscar a la niña para pasear.

Peter necesitaba descansar. Uno de los médicos del campamento le había recomendado guardar reposo hasta que su espalda y la herida de su pierna mejoraran.

Se puso unos vaqueros, una camisa y un abrigo y salió a la puerta.

Dentro de la empalizada, la Villa había comenzado su día de actividad. Varios curiosos lo observaron al pasar. Él los saludó con la mano, sonriendo.

Recordó que cuando llegaron en los Land Rover y vio en aquella llanura la enorme construcción, pensó que se había quitado de encima las columnas que sujetaban el mundo. Los muros del sitio a donde les llevaban, hechos de troncos de coníferas, les protegerían de los albinos. Además, la situación era excelente para verlos venir desde las torres vigía; incluso habían conseguido instalar sensores de movimiento por si se camuflaban.

Aquel sitio había sido preparado a conciencia.

La muchedumbre les esperaba en el centro de reunión al aire libre que habían construido en aquel pueblecito de cabañas de madera. El grupo militar, con David Stratham como guía, se había comunicado con ellos por radio para avisarles de que volvían a casa con más supervivientes y medicinas.

Un tipo vestido de vaquero y que se hacía llamar coronel Green les dijo que en el último censo realizado, que se actualizaba con cada nacimiento o muerte registrados, la población alcanzaba casi los mil habitantes.

Les trataron muy bien, y recibieron asistencia médica y comida en cuanto llegaron.

A decir verdad, habían tenido suerte. En el fuerte se estaban quedando sin medicinas, razón por la cual habían tenido que organizar una expedición fuera para buscarlas. David les había dicho en varias ocasiones que Bangor había aguantado muy bien los saqueos y que debían ir allí. No sabían que hubieran quedado supervivientes después de los ataques a los autobuses.

Les hicieron numerosas preguntas, pero pronto les dejaron descansar hasta el día siguiente, en que retomaron el relato de sus aventuras y desventuras.

La niña había hecho amigos. Peter no recordaba la facilidad con la que los niños hacían amistades. Ketty les presentó a Cindy y a Pindi y permitió que las demás niñas jugasen con ellas. En ocasiones se la veía fuera de lugar, pero solo durante segundos.

Les explicaron las normas del recinto, incluidos los toques de queda, que a veces se decidían ante el ataque de «los hombres murciélago», como ellos los llamaban. También les dejaron claro que estaba prohibido salir de las cabañas cuando el sol se pusiera. La noche había dejado de pertenecer a los humanos.

Le dieron a elegir un oficio. Allí todo el mundo trabajaba para la comunidad. No había salario, solo la compensación de quedar provisto de todo lo necesario para vivir sin ningún coste. «Al estilo de antaño», como exclamaba el viejo David.

Peter eligió la carpintería; no se le daba mal y siempre le había llamado la atención el oficio. Y allí constantemente había cabañas que construir o reparar, además de agrandar el fuerte cuando fuese necesario.

El coronel Green les explicó que había varios fuertes repartidos por Estados Unidos, y que todo el mundo estaba comenzando de nuevo. La guerra había acabado, al menos en apariencia.

Peter bajó los peldaños de su cabaña, lo que le provocó un intenso dolor en la herida de la pierna. Comenzó a pasear cojeando por los embarrados senderos que cumplían la función de calles. Vio a las mujeres, junto a un arroyo, lavando la ropa. Las saludó y algunas devolvieron el saludo, sonriendo ruborizadas.

«Hemos vuelto a los años sesenta», pensó.

Siguió caminando y llegó junto a la zona donde se estaban construyendo nuevas cabañas. Echó una mano en lo que pudo, pero lo despacharon pronto. Las órdenes eran no dejarle trabajar hasta que se repusiera del todo, así que siguió con su paseo. Se detuvo en una especie de pequeño montecito desde el que se divisaba casi todo el poblacho. Vio la empalizada al completo, con sus torres de vigilancia y su pequeño arroyo, que acababa en una especie de piscina artificial donde las mujeres lavaban la ropa. Junto a la piscina estaban los pequeños huertos que algunos hombres y mujeres mayores se encargaban de cuidar.

A la izquierda estaban dispuestas las cabañas que hacían la función de hospital, así como la que contenía los generadores. Vio los aparcamientos para vehículos y las numerosas cabañas en las que residían los moradores del pueblo, al que habían bautizado Villa Salvación.

A lo lejos le pareció ver a su hija, agarrada de la mano de Patricia. David caminaba unos pasos por detrás de ella. Corrían hacia él. David quedó rezagado y aflojó el paso.

—¡Papi, papi! —gritó la niña cuando llegó, casi sin resuello—. ¡Hemos visto un colegio!

El veterinario llegó detrás de ella y se inclinó sobre las rodillas, jadeando y agarrándose el costado.

—Joder, ya no estoy para correr mucho —constató sonriendo.

—Estás hecho un chaval —bromeó Peter. Luego miró a la niña y le preguntó—: ¿Qué es eso de un colegio?

—¡Sí, sí! —contestó ella saltando junto a él para que la cogiera en brazos—. ¡Una mujer me ha dicho que podré empezar mañana a ir a clase con los demás niños si tú quieres! Tú quieres, ¿verdad, papi?

—Claro —respondió él dándole un beso—. Mañana, si quieres, empezarás en tu cole con los otros niños.

—¡Sí! —exclamó la pequeña.

—Y ahora, sigamos con el paseo —concluyó su padre depositándola en el suelo.

Cuando bajaban por el camino, Peter derramó una lágrima. Intentó disimular; aún así, cuando llegaron al centro de reunión, dejó a la niña de nuevo en compañía de David y Patricia y se dirigió a la parte trasera de su cabaña.

Allí había una cruz de madera y el nombre de Patrick Sthendall grabado en ella.

—Reserva un buen vino para mí en el cielo, compañero —dijo acuclillado junto al montículo de tierra.

En esos momentos, al norte de la ciudad de Bangor, los albinos supervivientes del tiroteo prosiguieron su marcha en silencio. Algunos arrastraban sus pies, cansados, heridos. Otros caminaban a buen paso, camuflados en la nieve, olisqueando el aire.

Pronto comenzaría a nevar de nuevo y necesitaban comida.

Y pese a todo, el mundo todavía giraba. Aún había estaciones y, por supuesto, aún había días con sus correspondientes noches.

FIN

AGRADECIMIENTOS

Tendría que remontarme unos quince años para dar mi primer agradecimiento:

Recuerdo que volvíamos del instituto cuando Damián Ramos me dijo que había conseguido la novela *La zona muerta,* de un tal Stephen King. Cuando la terminó, me la prestó, y gracias a eso, hoy tú tienes esta novela en tus manos.

Gracias, Damián.

Gracias también a los anónimos médicos del Hospital de Peñarroya Pueblonuevo por salvarme la vida, aquella aciaga noche. Sin vosotros sí que es verdad que ni estaría mi novela ni estaría yo aquí.

Y, por último, gracias a ti, lector, que tienes este libro entre tus manos. Que has acompañado a Patrick, a Peter y a Ketty por la ciudad del maestro, Bangor. A la que espero poder acudir algún día.